剣鬼斬り

新・流想十郎蝴蝶剣

鳥羽 亮

角川文庫
22515

目次

第一章 居候

1

「出掛けてくるぞ」

流《ながれ》想十郎《そうじゅうろう》が、おつたに声をかけた。

おつたは、料理屋、松崎屋《まつざきや》の入口に立っていた。おつたは松崎屋の女将《おかみ》である。想十郎を見送りに来たのだ。歳は、二十四、五であろうか。料理屋の女将らしい落ち着きがある。

想十郎は、客ではなかった。松崎屋の裏手にある離れに一人で住んでいた。居候のような立場である。

松崎屋は、日本橋《にほんばし》の東方の浜町堀《はまちょうぼり》にかかる栄橋《さかえばし》の近くにあった。その辺りは、富《とみ》沢町《ざわちょう》である。

想十郎が松崎屋の離れに住むようになったのは、それなりの理由があった。

三月ほど前のこと——。女将のおつたが店の戸口まで出て、客を見送っているとき、たまたま遊び人ふうの男がふたり店の前を通りかかった。

おつたは客が店先から遠ざかると、踵《きびす》を返して店に戻ろうとした。

そのとき、遊び人ふうの男のひとりが、

「女将、おれたちには、声をかけねえのかい」

と、おつたの脇に身を寄せて言った。口許《くちもと》に、薄笑いを浮かべている。この男が、兄貴格かもしれない。

「き、気付かなかったもので……」

おつたが、声をつまらせて言った。顔から血の気が引いている。

「いまからでも、声をかけてくんな。……お代は頂きませんから、店で一杯やってください、とな」

兄貴格の男が言った。

もうひとりは、顎《あご》のとがった男だった。弟分らしい。兄貴格の男の脇で、ニヤニヤ笑っている。

「こ、困ります」

おつたは、声をつまらせて言った。顔が青褪《あおざ》め、体が顫《ふる》えている。

「女将、座敷に案内しな。お代のかわりに、おれたちがたっぷり楽しませてやるからよ」

兄貴格の男が言い、強引におつたの肩を押して、一緒に店に入ろうとした。

そのとき、たまたま通りかかった想十郎が、兄貴格の男の肩を摑《つか》み、

「待て！　女将から手を離せ」

と、声をかけた。

ふたりの男は振り返り、想十郎を目にすると、兄貴格の男が女将の肩から手を離し、

「な、なんだ、てめえは」

と、声をつまらせて言った。

もうひとりの弟分らしい男も、戸惑うような顔をして想十郎を見た。想十郎は武士体で、腰に大小を差していた。ふたりの男は下手に歯向かうと、斬られると思ったのかもしれない。

　想十郎は色白で、役者にしてもいいような端整な顔立ちをしていた。一見、優《やさ》男《おとこ》に見えるが、冷淡な感じがする。顔には孤独と虚無の翳《かげ》があり、死人《しびと》のように表情がなかった。それが、相手に恐怖を感じさせる。

　想十郎は二十代半ばだったが、物心ついてからずっと想像を絶するような過酷な人生を歩んできた。

　想十郎が生まれる前、母親のおさよは、柳橋《やなぎばし》の高級料亭で座敷女中をしていた。その料亭で、幕府の重臣に気に入られ、何度か座敷につくうち、床を供にして身籠《みご》もった。

　ところが、重臣はおさよが身籠もったことを知ると、おさよから離れ、佐久間《さくま》という家臣に、おさよと生まれる子の面倒を見るよう命じた。

　おさよは想十郎を産み、数年すると、空閨《くうけい》の寂しさから佐久間と関係を持つようになった。また、佐久間は剣の達人で、想十郎が竹刀を遣えるような歳になると剣術の指南をするようになったのだ。

　想十郎が剣の遣い手になれたのは、この頃の佐久間の指南があったからである。

　おさよと佐久間の関係を知った重臣は、後で揉《も》めるのを避けようとして、別の家臣に命じ、おさよと佐久間を闇に葬ってしまった。

想十郎は、実の父の命で母を殺され、しかも兄弟も親戚《しんせき》もいなかった。この世にひとり残され、天涯孤独の身となったのだ。そして、母の死後は行き場もなく、肉親縁者もいない武士の子として、まさに、空に浮かぶ一片の雲のように悲哀と虚無を抱いて独りで生きてきたのだ。

想十郎はふたりの男を見据え、

「ここで、ふたりを斬る！」

と、語気を強くして言った。

すると、兄貴格の男が、

「覚えやがれ！」

と、言い残し、その場から逃げだした。想十郎の迫力に、圧倒されたようだ。もうひとりの男も、慌てて兄貴格の男の後を追って逃げていく。

ふたりの男が逃げると、おつたが、

「あ、ありがとうございます。助けていただき……」

そう言って、想十郎に頭を下げた。

「これで、あやつらも、しばらく姿を見せまい」

想十郎が、その場から離れようとすると、

「お急ぎですか」

おつたが、訊《き》いた。

「いや、急ぐ身ではない」

想十郎は、無表情に言った。

「どうか、店で休んでいってください。お訊きしたいことも、ございますので」

そう言って、おつたは想十郎を店内に案内した。

想十郎が腰を落ち着けたのは、土間の先の狭い座敷だった。誰も、いなかった。

そこは、帳場になっているらしく、座敷に帳場机が置いてあった。また、客用の座布団、茶道具なども目についた。

想十郎が、おつたが出してくれた座布団に腰を下ろすと、

「すぐに、茶の支度をしますから」

おつたはそう言って、座敷から出ようとした。

「茶はいい。それより、先に話をしてくれ」

想十郎が言った。

おつたは戸惑うような顔をしたが、想十郎のそばに座した。

2

「こ、困って、いるのです」

おつたが、声をつまらせて言った。

想十郎は、表情のない顔で黙っている。

「今日だけではないのです。これまで何度も、ならず者たちに金を脅し取られたり、店で飲み食いした代金を払わずに帰られたりしました」

おつたが、眉《まゆ》を寄せて言った。

「それで……」

想十郎が、話の先をうながした。

おつたは、何か話そうとして想十郎に顔をむけたが、

「お名前をお訊きしても、よろしいでしょうか」

と、小声で訊いた。

「流想十郎。……牢人《ろうにん》だ」

想十郎が、つぶやくような声で言った。

「流様、助けていただけないでしょうか。……おそらく、今日、流様に追い払われたふたりは、仲間たちを集めて、この店に押しかけてくるはずです」

おつたが、眉を寄せて言った。

想十郎は、無言でおつたを見ている。

「流様に店にいていただければ、ならず者たちも店に来るようなことはないはずです」

おつたは、想十郎に目をやり、「店に、いてもらうだけでいいんです」と小声で言い添えた。

「この店に、通うのか」

想十郎が小声で訊いた。

想十郎は、高砂町《たかさごちょう》に住んでいた。高砂町は松崎屋のある富沢町の隣町で、南方に位置していた。やはり浜町堀沿いに広がっている町である。

想十郎には親兄弟もなく、長屋の独り暮しだった。決まった生業《なりわい》はなく、ときおり、近所にある口入れ屋で、仕事を紹介してもらい、口を糊《のり》している。

口入れ屋は、雇う側と雇われる側の間にたって仕事の世話をし、双方から規定の金銭を取って、暮しているのだ。

「ならず者たちは、いつ来るか分かりません。流様の御都合にもよりますが、この店で暮していただければ、安心です」

「この店で、暮すのか」

珍しく、想十郎が聞き返した。

「いえ、店といっても、裏手にある離れです。……先代が隠居して暮すために建てたのですが、先代は亡くなり、今は空き家になっています」

おつたによると、店に入りきれなくなった客が、離れを使うこともあるが、近ごろは空き家のままになっているという。

「離れに住んでもいいが……」

想十郎は、惑った。飲み食いするには、どうすればいいのか。すぐ前に料理屋があるとはいえ、金を出して料理を頼むわけにはいかない。

「流様さえよかったら、食事は店で用意しますし、一日中離れに籠《こも》っていなくても、結構です。……それに、二、三度、流様がならず者を追い払ってくれれば、ならず者たちも店に近寄らなくなるはずです」

おつたが言った。

「そうか」

想十郎は胸の内で、いい話だ、と思った。寝起きする時間は勝手だし、食事は料理屋で支度してくれる。しかも、ならず者たちが姿をあらわさなければ、何もせずに離れで勝手なことができるのだ。

「離れに、居させてもらう」

想十郎が言った。

「よかった！……これで、安心しました」

おつたはそう言うと、

「いつから、来ていただけますか」

と、想十郎に目をむけて訊いた。

「今日から来る」

想十郎は高砂町にもどり、着替えや身の回りの物を運んでくると言い添えた。

「店の者に、手伝わせましょうか」

おつたが、小声で訊いた。

「いや、独りで十分、たいした物はないのでな」

想十郎が、苦笑いを浮かべて言った。

その日、想十郎は高砂町の長屋にもどった。そして、衣類、食器類、それに、身の回りの小物などを出していると、戸口に近寄ってくる足音がした。

足音は戸口でとまり、

「旦那《だんな》、いやすか」

と、忠七《ちゅうしち》の声がした。

忠七は流家の下男で、想十郎が子供のころから流家に仕えていた。忠実な男で、想十郎の母親のおさよが死んだ後も、想十郎についてきた。そして、今は奉公人というより手先だった。想十郎の指図に従って、仕事や事件に当たっている。

忠七は、想十郎と同じ長屋の別の家に住んでいた。

「忠七、入ってくれ」

想十郎が声をかけた。

すると、戸口の腰高障子が開き、忠七が顔を出した。

歳は五十代半ば、丸顔で糸のように細い目をしていた。額に横皺《よこじわ》があり、陽に灼《や》けた赤ら顔は、猿のようである。

「旦那、長屋を出るんですかい」

忠七が訊いた。衣類や食器類などを畳に並べている想十郎の姿を目にしたのだ。

「そうだ。始末がついたら帰るが、しばらく留守にする」

「どこへ、行くんです」

忠七が、土間へ入ってきて訊《き》いた。

「栄橋の近くにある松崎屋という料理屋だ」

「栄橋と言うと、浜町堀ですかい」

「そうだ」

「所帯道具など持って、料理屋にいくのはどういう訳です」

忠七が、身を乗り出すようにして訊いた。

「店の者に、頼まれたのだ」

「何を頼まれたんです」

忠七の目に、好奇の色があった。

「たいしたことではない。店の用心棒みたいなものだな」

想十郎は、ふたりの遊び人が些細《ささい》なことで松崎屋に因縁をつけ、ただで飲み食いしようとしたことを話し、

「おれが、たまたま近くを通りかかってな、ふたりを追い払ったのだ。それで、しばらく店にいてくれ、と頼まれたわけだ」

そう、言い添えた。

「店で、寝泊まりするんですかい」

忠七が、身を乗り出して訊いた。

「店の裏手にある離れで、寝泊まりすることになってな。それで、荷物をまとめていたところだ」

想十郎が言うと、忠七はいっとき間を置いた後、

「旦那、あっしも、お供しやしょう！」

と、声を大きくして言った。

「忠七、おれと一緒に離れに寝泊まりする気か」

「そうでさァ。旦那、ひとりじゃァ、手を焼くかもしれませんぜ。ならず者たちは、松崎屋に旦那がいると知れば、大勢で来やす」

忠七が、もっともらしい顔をして言った。

「そうかもしれん」

想十郎も、追い払った男たちは、松崎屋に想十郎がいると知れば、大勢の仲間を連れてくるとみた。

「あっしは、押し込んできたやつらと、やり合う訳にはいかねえから、店の外で大

声を出して、通りがかりの者を集めやすよ。……大勢集まれば、ならず者たちも身を引くかもしれねえ」

忠七が意気込んで言った。

「そうだな」

想十郎は、通りがかりの者を集めても、店に踏み込んできたならず者たちと戦う者は、おるまい、と思ったが、口にしなかった。

「あっしも、家に帰《けえ》って荷物をまとめてきやす」

忠七は、そう言い残し、戸口から飛び出していった。

3

想十郎と忠七が、松崎屋の離れに寝泊まりするようになって三日目だった。

その日は、曇天だった。空が厚い雲に覆われ、雨が降ってきそうな空模様のせいか、松崎屋の前の通りは、いつもより行き交う人の姿が少なかった。

午後になって、想十郎と忠七は離れから出ると、松崎屋の店の脇に立って、通りに目をやっていた。店に因縁をつけて金を脅し取ろうとする男が、姿をあらわすかどうか見ていたのである。

　松崎屋は、いつもと変らず賑《にぎ》わっていた。客が大勢入っているらしい。

　想十郎たちがその場に来て、小半刻《こはんとき》（三十分）ほど経ったろうか。通りの先に目をやっていた忠七が、

「旦那、来やす！」

　と、声を上げた。

「大勢だぞ！」

　想十郎が、身を乗り出して言った。

　通りの先に、遊び人ふうの男たちの姿が見えた。総勢、十人ほどである。牢人体《ろうにんてい》の武士もひとりいた。

　通行人たちは集団で歩いてくる男たちを見ると、慌てて路傍に身を引いた。

「だ、旦那、どうしやす」

　忠七が、声をつまらせて言った。戸惑うような顔をしている。想十郎もそうだが、忠七もこんなに大勢で来るとは思わなかったらしい。

「忠七、店の者に知らせろ！　念のため、客たちを裏手から出して、身を隠すように話すんだ」

想十郎が声高に言った。

「承知しやした」

忠七は、店の入口の格子戸をあけて飛び込んだ。

想十郎は、ひとり戸口に立った。

……太刀打ちできない！

と、想十郎は胸の内で声を上げたが、この場から逃げ出すわけにはいかない。金を貰《もら》った手前もあるが、想十郎や忠七が逃げ出せば、店の者だけでなく、客からも犠牲者が出るだろう。すこしでも、ならず者たちの足をとめ、客や店の者に逃げてもらうしかないようだ。

男たちが、店の近くまで来たとき、

「店の前に、武士がいるぞ！」

「あいつだ！　おれたちに刀をむけたのは」

と、前にいたひとりが、想十郎を指差して声を上げた。

想十郎は、その男の顔に見覚えがあった。店の女将《おかみ》のおつたに因縁をつけて店に入り、ただ酒を飲もうとして、想十郎に追い払われた兄貴格の男である。

「店先にいる二本差しは、店の用心棒にちげえねえ」

と、兄貴格の男が言った。

すると、集まった男たちの間から、「殺《や》っちまえ！」「取り囲んで、殺すんだ！」などと、殺気だった声が聞こえた。

「待て！　その男は、おれがやる」

牢人体の武士が言い、想十郎の前に立った。

武士は、想十郎から二間半ほどの間合をとって対峙《たいじ》した。そして、手にした刀を青眼《せいがん》に構えた。切っ先が、想十郎の目にむけられている。隙のない構えである。

すぐに、想十郎も抜刀した。

そのときだった。想十郎の右手にまわり込んでいた遊び人ふうの男が、

「殺してやる！」

と叫びざま、手にした匕首《あいくち》を前に突き出すように構えて踏み込んできた。

刹那《せつな》、想十郎の体《たい》が躍動した。

刀身が鈍い光を放ち、かすかに刃《は》唸《うな》りが聞こえた瞬間、遊び人ふうの男の手にした匕首が前に落ちた。想十郎の刀の切っ先が、男の右手をとらえたのだ。想十郎の一瞬の斬撃《ざんげき》である。

遊び人ふうの男は悲鳴を上げて、前によろめいた。右手の甲の皮肉が裂け、血に

染まっている。

それで、想十郎の動きはとまらなかった。右手にまわり込もうとした男に袈裟《けさ》に斬り込み、左手に立っていた男に対して、刀身を横に払った。神速の太刀捌《たちさば》きである。

右手の男は小袖《こそで》を斬られ、露《あらわ》になった肩から胸にかけて血の線が走った。

一方、左手にいた男の小袖の脇腹の辺りが横に裂け、あらわになった肌に血が浮いた。男は驚愕《きょうがく》に目を剝《む》いて、後ろに逃げた。

三人の男は、手にした武器で想十郎の刀を受けることも、身を引いて躱《かわ》すこともできなかった。それだけ、想十郎の太刀捌きは速かった。一瞬の動きで、三人の男を斬ったのだ。その想十郎の神速の動きははっきり見えず、キラッ、キラッ、と光った刀身が、男たちの目に映じただけである。

「蝴蝶剣《こちょうけん》……」

想十郎が、つぶやいた。刀身の動きとひかりが、蝴蝶が舞うように敵の目に映じることから、蝴蝶剣と呼ばれている。

想十郎は子供のころ、佐久間から指南を受けて剣術を身につけたが、それだけでなく、多くの修羅場をくぐるなかで、自分なりに剣の工夫を重ねてきた。そうして、身につけたのが、蝴蝶剣である。

蝴蝶剣は、決まった構えや動きがあるわけではない。あえて言えば、目に見えないほど太刀捌きが速く、縦横に動きながら敵を斬ることである。

その場にいた男たちは想十郎の太刀捌きに、度肝を抜かれたようにその場につっ立った。

「怯《ひる》むな！　相手はひとりだ」

牢人体の男が、叫んだ。

その声で、男たちがあらためて匕首や長脇差《わきざし》を想十郎に向けたとき、別の武士がひとり、近付いてきた。武士は、離れた場所で想十郎たちの斬り合いを見ていた野次馬たちのなかにいたのだ。忠七が、その武士の背後についている。

武士は、四十がらみであろうか。小袖に袴姿《はかますがた》で、大小を帯びていた。肩幅の広い、腰の据わった男である。

4

武士は想十郎の脇に立ち、

「助太刀《すけだち》いたす」

そう言って、刀を抜くと、青眼に構えた。切っ先が、前に立っていた遊び人ふうの男にむけられている。

「て、てめえ、誰だ！」

遊び人ふうの男が、後退《あとずさ》りながら訊《き》いた。

「通りすがりの者だ」

武士はそう言って、遊び人との間をつめた。

遊び人ふうの男は、慌てて身を引いた。手にした匕首が振るえている。

近くにいた別の男も、その場から逃げた。武士に、斬られると思ったらしい。

そのとき、想十郎の近くにいた男が、ギャッ！　と悲鳴を上げ、後ろによろめいた。肩から胸にかけて小袖が裂け、血が流れ出ている。想十郎の斬撃を浴びたのだ。

ふたりの男が斬られたことで、その場にいた男たちが浮き足だった。そして、想十郎に斬られた男のひとりが、悲鳴を上げて逃げ出すと、近くにいた男たちも後を追った。

これを見た牢人体の男が、

「引け！　この場は、引け！」

と、声をかけた。

その声で、残っていた男たちが慌てて身を引き、想十郎と武士からすこし離れると、反転して走りだした。逃げたのである。

牢人体《ろうにんてい》の男も、「いずれ、うぬらは斬る！」と言い残し、反転して逃げる男たちの後を追った。

想十郎は納刀し、逃げる男たちの背に目をやっていると、助太刀にくわわった武士が、

「そこもとは、松崎屋の方でござるか」

と、小声で訊いた。

「まァ、そうだ」

想十郎は、素っ気なく言った。松崎屋の用心棒だとは言えなかったのである。

「それがし、青島源之《あおしまげんの》助《すけ》ともうす。……そこもとのお名前を伺ってもよろしいかな」

青島が丁寧な物言いで訊いた。

想十郎は周囲に目をやり、野次馬たちがその場を離れたのを見て、

「流想十郎……」

想十郎は、素っ気なく名乗った。

「やはり、流どのでござるか。それがし、高砂町にある剣術道場で師範代をやっているのだが、門弟たちが流どののことを話しているのを聞いたことがあります」

「そうか」

想十郎は気のない返事をし、松崎屋にもどりたいような素振りを見せた。これ以上、青島と話していても仕方がないと思ったのだ。

「実は、流どのにお会いしたら、お伺いしたいことがあるのだが……」

青島はそう言った後、いっとき戸惑うような顔をして立っていたが、何も訊かずに、

「二、三日のうちに、松崎屋をお訪ねします」

と言って、想十郎に頭を下げ、慌てた様子でその場を離れた。

想十郎は青島の後ろ姿が遠ざかると、踵《きびす》を返して松崎屋にむかった。そのとき、店の脇から、忠七が飛び出してきた。

忠七は想十郎に走り寄り、

「やくざたちは、どうしやした」

と、通りに目をやりながら訊いた。

「追い払ったよ。……おれだけで、追い払ったわけではないがな」

想十郎は、通りにいた青島源之助と名乗る武士が助太刀してくれ、ならず者たちを追い払ったことを話した。

「そうでしたかい」

忠七が、ほっとした顔をした。

「店の方は、どうした」

想十郎が訊いた。

「二階の客は、奥の部屋に逃げ込みやした。一階の客は、店の帳場に入ってもらったようです」

忠七が言った。

「まだ、客たちは、その部屋にいるのではないか」

「いるはずでさァ」

「忠七、女将《おかみ》にすぐに知らせろ。ならず者たちは残らず追い払ったから、客をそれぞれの座敷にもどしてもいい、とな」

「承知しやした！」

忠七は、慌てて店にもどった。

想十郎は店に入らず、脇を通って離れにむかった。自分の仕事は終わったと思ったのである。

想十郎が離れにもどって座敷で寛《くつろ》いでいると、戸口に近付いてくる足音がした。忠七とおつたらしい。かすかに、ふたりの声が聞こえたのだ。

足音は離れの戸口でとまり、

「旦那《だんな》、女将さんをお連れしやした」

と、忠七の声がした。

「入ってくれ」

想十郎が声をかけた。

戸口の格子戸を開ける音がし、つづいて土間から板間に上がる音がした。そして、

「旦那、いやすか」

障子の向こうで、忠七の声がした。

「いるぞ」

想十郎が声をかけると、すぐに障子が開いた。

姿を見せたのは、忠七とおつたである。ふたりは座敷に入ってくると、想十郎の脇に座した。

「店の前の騒ぎを耳にしたか」

想十郎が訊いた。

「はい」

おつたが、昂《たかぶ》った声で返事をした。顔に、安堵《あんど》の色がある。忠七から、遊び人たちを追い払ったことを聞いたのだろう。

「店の客たちは、どうした」

想十郎が、おつたに訊いた。

「それぞれの座敷に、もどってもらいました。……みなさんは、酒肴《しゅこう》の膳《ぜん》を前にして喜んでおられるはずです」

おつたが、ほっとした表情を浮かべた。

「そうか。……通りかかった青島源之助という男が、助太刀してくれたのだが、女将は、青島どのを知っているか」

想十郎が訊いた。

「存じませんが……」

おつたが、小首を傾げた。

「二、三日のうちに、この店に来ると言っていたから、顔を合わせるのではないか」

「そのとき、お礼を言います」

おつたが、笑みを浮かべて言った。

それから、おつたは想十郎と小《こ》半刻《はんとき》（三十分）ほど話し、

「これっきり、ごろつきたちは、来ないといいんですけど……」

そう言って、腰を上げた。

5

想十郎たちが、ならず者たちを追い払った三日後だった。想十郎と忠七が離れの座敷でくつろいでいると、戸口に近付いてくる足音が聞こえた。ふたりらしい。

足音は戸口でとまり、

「流さま、おられますか」

と、おつたの声がした。

「いるぞ。入ってくれ」

想十郎は、座り直した。おつたが、誰か連れてきたようだ。

戸口の格子戸が開き、おつたと見覚えのある武士が入ってきた。武士は、三日前ならず者を追い払ったときに助太刀してくれた青島である。

「青島さまをお連れしました。流さまに、御用がおありだそうです」

おつたが、丁寧な物言いをした。相手が武士なので、気を使ったらしい。

「上がってくれ」

想十郎が言うと、青島は土間から狭い板間に上がり、想十郎たちのいる座敷に入ってきた。

青島は土間に近いところに座すと、

「女将、手間をとらせたな」

と、声をかけた。

「青島さま、ごゆっくりなさってください」

おつたは、「お茶を淹《い》れましょう」と言い残し、土間から出ていった。松崎屋の板場で、茶の支度をするらしい。

青島は想十郎の前に座し、

「実は、頼みがあって来たのだ」

と、声をあらためて言った。

「話してくれ」

「実は、おれが師範代をしている一刀流《いっとうりゅう》の木《き》島《じま》道場のことなのだ」

青島によると、道場主は木島彦兵衛《ひこべえ》で、半年ほど前から江戸煩いと呼ばれる病のため、稽古場《けいこば》に出られなくなったという。そのため、近ごろは道場の門を閉じていることが多いそうだ。

江戸煩いは脚気《かっけ》のことで、足が自由に動かなくなることが多いという。

「このままだと、木島道場は門を閉じることになる。そこで、師匠の木島様に代わって、それがしと食客の池沢源九郎《いけざわげんくろう》どのが、門弟たちに指南することになったのだ」

「そうか」

想十郎は驚かなかった。道場主は道場の正面の師範座所に座っていて、直接門弟たちに指南することはすくないのだ。門弟たちに直接指南するのは、師範代や腕のたつ高弟である。

「師匠は、近ごろ伏せっていることが多く、師範座所に座って門弟たちの稽古を見ることは、なくなったのだ。それをいいことに、池沢どのは、師範座所におれが座る、と言いだしたのだ」

青島が眉《まゆ》を寄せて言った。

「池沢という男は、木島道場の道場主にでもなったつもりなのか」

想十郎の顔が、厳しくなった。

「道場を自分のものにする腹らしい」

青島が、虚空を睨《にら》むように見据えて言った。

次に口を挟む者がなく、座敷が重苦しい沈黙につつまれた。その沈黙を破るように、青島が、

「他にも、懸念がある」

と、語気を強くして言った。

「なんだ」

「池沢は、道場主に収まるだけが狙いではないらしい」

「何を狙っているのだ」

「実は、道場を閉じたままで、稽古をしない日が多くなったのだ。そのため、門弟として道場に通ってくる者がすくなくなった。こうした時に、池沢は道場を自分のものにしようとしている。いずれ、道場を閉じることになるのに……」

青島が眉を寄せて言った。

「池沢の狙いは、何だ」

想十郎が、語気を強くして訊《き》いた。

「実は、池沢は富沢町や長谷川町《はせがわちょう》で、幅を利かせている源兵衛《げんべえ》という親分の用心棒

だったことがあるのだ」

「やくざの用心棒か」

想十郎が聞き返した。

「そうだ。松崎屋に因縁をつけたり、店の前の通りで騒ぎを起こしたりした男たちは、源兵衛の子分たちなのだ」

青島が言った。

「うむ……」

想十郎の顔が、厳しくなった。池沢という男は、容易な相手ではない、と思ったのだ。

「池沢は、源兵衛の指図で動いているのかもしれん。そうなると、道場は剣術の稽古をする場でなくなる恐れがある」

さらに、青島が言った。

「道場で、何をやろうというのだ」

想十郎が、語気を強くして訊いた。

「はっきりしたことは分からんが、やくざの親分が、あの場で人を集め、大金を手にするとなると、博奕《ばくち》しかないだろう」

「賭場《とば》か！」

思わず、想十郎が声を上げた。

「そうだ。道場を隠れ蓑《みの》にし、中を作り替えるか、裏手の母屋を賭場にするか。いずれにしろ道場主の木島さまも御新造も、道場から出ていくしかなくなる」

「行き場は、あるのか」

想十郎が訊いた。

「道場を出たら、親戚《しんせき》、縁者を頼るしかないだろう。寝たきりの木島さまは、母屋を出たら行き場はないはずだ」

青島が眉を寄せて言った。

「何とかせねば、ならないな」

想十郎が、厳しい顔をしてつぶやいた。

青島はいっとき口を閉じていたが、

「流どのに、頼みがある」

と、声をあらためて言った。

想十郎は無言のまま、青島の次の言葉を待っている。

「流どの、手を貸してくれ。何としても、池沢たちを始末せねばならない」

青島が、想十郎を見つめて言った。

想十郎は、即答しなかった。命懸けの仕事である。ただというわけには、いかない。想十郎は、こうした事件にかかわるとき、相応の礼金を手にしてきた。その金で、生きてきたといってもいい。

それに、想十郎の胸の内には、忠七のこともあった。忠七を使うことになるだろうが、忠七にも相応の金を渡さねばならないのだ。

青島は懐から巾着《きんちゃく》を取り出し、

「ここに、五両ある。道場主の木島さまから渡されていたものだ。五両では足りない、と承知している。……都合がついたとき、相応の金を渡すつもりでいるが、今はこれしかないのだ」

と言って、巾着に手を入れた。

青島は小判を五枚取り出すと、想十郎の膝先《ひざさき》に置き、

「何とか、味方になってもらえまいか」

と、想十郎と忠七に目をやって言った。

想十郎が答える前に、

「あっしは、やりやすぜ！」

と、忠七が声を上げた。

想十郎は苦笑いを浮かべ、

「おれもやろう」

と言って、膝先の五枚の小判に手を伸ばした。

6

想十郎は忠七を連れ、青島と一緒に離れを出た。向かった先は、高砂町にある剣術道場である。

想十郎たちは松崎屋を後にし、浜町堀沿いの道に出た。浜町堀沿いの道を南に向かえば、高砂町まですぐだった。

想十郎たちが高砂町に入り、浜町堀にかかる高砂橋のたもとまで来ると、

「この道だ」

そう言って、青島は右手の通りに入った。

そこは町中につづく表通りで、行き交う人の姿が多かった。通り沿いには、様々な店が並んでいる。

想十郎たちが、表通りに入ってしばらく歩くと、

「そこの蕎麦屋《そばや》の脇の道を入った先だ」

青島が先にたって、通りの右手にあった蕎麦屋の脇の道に入った。

その道は細かったが、行き交う人の姿は少なくなかった。道沿いには、八百屋、下駄《げた》屋、瀬戸物屋など暮しに必要な物を売る店が軒を並べていた。通行人は町人が多く、武士の姿はあまり見掛けなかった。ただ、浜町堀の東方には武家地がひろがり、御家人や旗本の屋敷が多かったので、武家の子弟が門弟として道場に通うのには、いい場所かもしれない。

「あれが、道場だ」

青島が、路傍に足をとめて指差した。

一町ほど先に、道場らしい建物があった。建物の側面は板壁になっていて、武者窓がついている。また、道場の裏手には、道場主の住む母屋らしい建物もあった。

「稽古《けいこ》は、してないようだ」

想十郎が言った。

道場は、ひっそりしていた。稽古中なら、竹刀を打ち合う音や床を踏む音などが遠方でも聞こえてくるのだ。

「一緒に、来てくれ」

青島が先に立った。

想十郎たちは、道場のそばまで来た。道場の表戸は閉まっていた。道場内はひっそりとして、人声も物音も聞こえなかった。誰もいないらしい。

「母屋にいる道場主の木島様に、会ってもらえまいか」

青島が想十郎に訊《き》いた。

「病で伏せっていると、聞いていたが」

想十郎が言った。

「いや、外で歩きまわったり、竹刀を振ったりするのは無理だが、何かに摑《つか》まって家のなかを歩くことはできるのだ」

そう言って、青島が先にたち、道場の脇の小径《こみち》を裏手にむかった。

道場の裏手には、つつじや紅葉などを植えた庭があった。庭といっても狭く、道場と母屋との間の空き地に、わずかに庭木を植えただけである。

想十郎たちは庭木の間を通って、母屋の戸口に立った。

青島が引き戸を開けて、先に土間に入り、

「御師匠、青島です」

と、声をかけた。

すると、家の奥で障子を開ける音がし、年配の女が姿を見せた。

「おきくどの、客人をお連れしました」

青島はそう言って背後を振り返り、想十郎と忠七に目をやった。木島の妻女らしい。名は、おきくである。

想十郎は忠七と一緒に敷居の外に立っていたが、年配の女の顔が見えたので、頭を下げた。

「お入りになってください。こんな所ですが……」

おきくが、困惑したような顔をした。主人は病で寝ており、客をまともに接待することができない、と思ったのかもしれない。

「お連れしたふたりは、勝手な振るまいをしている池沢たちから、道場を守るために来てくれたのです」

青島は振り返り、背後にいる想十郎に目をやって言った。

「ともかく、お上がりになってください」

そう言って、おきくは想十郎たち三人を招《しょう》じ入れた。

おきくが案内したのは、戸口に近い座敷だった。隣の部屋との境に、襖《ふすま》がたててある。襖の先の座敷に誰かいるらしく、布団を動かすような音がした。

「旦那《だんな》さま、お客さまです」

おきくが、小声で言った。

すると、体を起こすような音がした。おきくが襖を開けると、年配の男の姿が見えた。男は布団の上に足を投げ出したような格好で、身を起こしていた。男は、木島らしい。木島は寝間姿だった。寝ていたらしい。

「お師匠、以前、お話しした流想十郎どのをお連れしました」

青島が、想十郎に目をやって言った。

「流想十郎です。お見知り置きください。……青島どのから、木島どののことはお聞きしております」

そう言って、想十郎は木島に頭を下げた。

「そこもとが、流どのか。青島からそこもとのことは聞いている。……いや、何とも無様な姿で、お会いすることになったな」

木島が、苦笑いを浮かべた。側に来て、木島の背に手を当てて体を支えている女房のおきくに目をやり、

「わしひとりで、座っていられる。……おきく、茶を淹《い》れてくれんか」

と、小声で言った。

おきくは頷《うなず》き、木島の体を支えている手を離した。

木島の体が右手にすこし傾いたが、倒れるようなことはなかった。

「お茶を淹れますね」

おきくはそう言い残し、座敷から出ていった。

おきくの足音が遠ざかると、

「池沢は、何をするか分かりません。最近、源兵衛というやくざの親分の用心棒になり、松崎屋という料理屋を襲ったのです」

青島が、眉《まゆ》を寄せて言った。

「なに、やくざたちと料理屋を襲っただと！」

木島が、驚いたような顔をした。

「たまたま、その料理屋に、ここにおられる流どのが居合わせ、池沢ややくざたちを追い払ったのです」

「何ということだ！」

木島が顔をしかめた。

すると、想十郎が、

「池沢は、この道場も狙っているようです」

　と、語気を強くして言った。

「そのことは、池沢がいるときから感じていた。わしに代わって、道場主になろうとしていることをな」

　木島が、虚空を睨《にら》むように見据えてつぶやいた。その顔に、怒りの色があった。

　次に口をひらく者がなく、座敷が重苦しい沈黙につつまれたとき、

「池沢は道場主になろうとしているのでは、ないかもしれません」

　想十郎が言った。

「どういうことだ」

　木島が想十郎に顔をむけた。

「池沢は、子分が大勢いるやくざの親分の用心棒のような立場です。剣術の道場主になるつもりはないようです」

　想十郎が、はっきりと言った。

「では、この道場を奪って、何をやろうとしているのだ」

　木島が訊いた。

「やくざの親分が、この道場を狙っているとすれば、ここで何か金儲《かねもう》けになること

をやりたいからです」

「何を、やるつもりだ」

木島が身を乗り出して訊くと、その場にいた青島と忠七も、想十郎に目をむけた。

「賭場《とば》です」

想十郎が語気を強くして言った。

「賭場だと！」

木島が、驚いたような顔をした。

7

「ここで賭場を開くだけでなく、源兵衛は子分たちを住まわせる家を建てるかもしれません」

想十郎はそう言ったが、今いる道場主の木島の家に、子分たちを住まわせるかもしれない、と思った。あるいは、この家を建て替えて、源兵衛自身で住むことも考えられる。そうなると、木島夫婦は、ここから出ていかねばならない。

「そんなことは、させるか！」

木島が、声を荒らげて言った。顔が憤怒《ふんぬ》で、赤黒く染まっている。脇に座している青島の顔にも、強い怒りの色があった。

「ここから手を引かせるには、池沢や源兵衛一家の者たちを討ち取るか、諦《あきら》めさせるしかない」

そう言って、想十郎が口を閉じると、

「池沢や源兵衛の子分たちを討ち取るしかないか……」

木島がつぶやき、想十郎に顔をむけ、

「流どの、手を貸してもらえんか」

と、声を大きくして言った。

「そのつもりだが、何かいい手はあるか」

想十郎が訊《き》いた。

「道場の門弟だった矢《や》代《しろ》彦《ひこ》三郎《さぶろう》という男が、池沢と一緒にいることが多く、弟分のようだった。……矢代を捕らえて、池沢の隠れ家をつきとめたらどうだろうか」

青島が脇から口を挟んだ。

「矢代の居所は、分かっているのか」

想十郎が訊いた。

「家は御家人で、久松町《ひさまつちょう》の東に広がる武家地に屋敷があると聞いたが……」

青島は、語尾を濁して首を捻《ひね》った。はっきりしないらしい。

「久松町の東と分かっているだけでは、捜すのが難しいな」

想十郎が言った。久松町の東方に広がる武家地には、御家人や小身の旗本の屋敷が多いのだ。

「そうだな」

青島が頷いた。

「門弟のなかに、矢代の家がどこにあるか、知っている者はいないのか」

想十郎が訊いた。

「いる！　安川茂太《やすかわしげた》郎《ろう》という若い門弟だ。安川は矢代と一緒に道場に通うことが多かったようだ」

青島が声を大きくした。

「安川は、今でも道場に顔を出すことがあるのか」

「ある。……何度か、道場内で顔を見たことがある」

青島によると、近頃、道場内で門弟がまとまって稽古《けいこ》をすることは少ないが、道場の表戸は開くようになっていて、勝手に道場内で稽古をしてもいいことになっているという。

「そうか。安川に訊けば、矢代の居所が分かるな」

「分かるはずだ」

青島はそう言った後、

「道場に目を配って、安川が来たら矢代の家がどこにあるか訊いてみる」

と、想十郎に目をやって言い添えた。

次に口をひらく者がなく、座敷が静寂につつまれたとき、

「今日は、このまま帰る」

そう言って、想十郎が腰を上げた。

すると、想十郎の脇にいた忠七も立ち上がった。

想十郎と忠七が、道場の裏手にある家から出ると、辺りは淡い夕闇につつまれていた。陽は家並の向こうに沈み、西の空が夕焼けに染まっている。

「旦那《だんな》、長屋の家に帰《けえ》りやすか」

忠七が訊いた。

「いや、松崎屋に行くつもりだ」

想十郎は、松崎屋のことも気になっていた。想十郎が留守にしている間に、源兵

衛一家の者が、店に手を出したかもしれない。それに、想十郎の胸の内には、長屋に帰ってめしを炊くなら、松崎屋で残った料理でも食べさせてもらった方がいい、との思いがあった。忠七も、松崎屋に行けば、夕餉《ゆうげ》にありつける、と思っているはずだ。

想十郎と忠七が富沢町に入り、松崎屋の近くまで行くと、客たちの談笑の声が聞こえた。客で賑《にぎ》わっているようだ。

「店に入《へえ》りやすか」

忠七が訊いた。

「このまま、離れにまわろう。おれたちが店に入って行くと、商売の邪魔になるからな」そう言って、想十郎は松崎屋の脇から裏手にむかった。

離れには誰もいないらしく、夜陰につつまれていた。家屋が松崎屋から洩《も》れる灯《ひ》で、闇のなかに浮かび上がったように見える。

想十郎は離れの前まで来ると、

「おつたに帰ったことだけは、知らせておこう」

そう言って、松崎屋の背戸に足をむけた。板場にいる者に、帰ったことを知らせれば、おつたに知らせるはずである。

想十郎は板場にいた料理人に、帰ったことだけ伝え、忠七とふたりで離れの戸口から入った。

離れの座敷にある行灯《あんどん》に火を入れ、寛《くつろ》いでいると、戸口に近付いてくる足音が聞こえた。おつたらしい。

足音は戸口でとまり、格子戸の開く音がした。

「流様、お帰りですか」

おつたの声が、聞こえた。

「今、行く」

想十郎は立ち上がり、戸口にむかった。忠七は、後からついてくる。

おつたは、土間に立っていた。客のいる座敷に出入りしていたらしく、女将《おかみ》らしい身支度だった。

「どこへ、出掛けてました。暗くなっても、帰ってこないので、心配してたんですよ」

おつたが、拗《す》ねたような顔をして言った。

「すまん、青島どのと一緒に、高砂町に行っていたのだ」

想十郎は、やくざの親分の源兵衛のことも剣術道場のことも口にしなかった。話せば、おつたが心配するだけである。

「それで、夕餉《ゆうげ》は食べたんですか」

おつたが、訊いた。

「それが、まだなんだ」

想十郎が小声で言うと、

「あっしも、まだで」

忠七が身を乗り出して言った。

「すぐ、支度するわね」

おつたは踵《きびす》を返すと、慌てて戸口から出ていった。

いっときすると、おつたが娘のおゆきと二人で、大皿に載せた幾つもの握りめしと漬物、それに湯飲みを持ってきた。湯飲みには、酒ではなく茶が入っていた。

「今夜は、お酒を抜きましたよ」

おつたが、「夜になっても帰らずに、心配をかけた罰です」と言って、微笑んだ。腹をたててはいないようだ。

「恐ろしい罰だな」

想十郎は忠七と顔を見合わせ、苦笑いを浮かべた。

第二章　道　場

1

想十郎と忠七は松崎屋の離れで、おつたが運んできた朝餉《あさげ》を食べた。料理屋だけあって、朝餉《あさげ》も旨《うま》かった。

忠七は朝餉を食べ終え、茶を飲みながら、

「旦那、今日はどこへ行きやす」

と、想十郎に訊《き》いた。

「高砂町だ」

「剣術の道場ですかい」

「そうだ」

想十郎は木島道場に行き、師範代の青島からその後の様子を訊いてみるつもりだった。道場に変った動きがなければ、これから源兵衛や池沢たちにどう対応するのか、相談するのだ。

想十郎と忠七が茶を飲みながら話していると、離れに近付いてくる足音がし、戸口の格子戸が開いておつたが姿を見せた。

「朝餉は、済みましたか」

おつたが、訊いた。

「食べ終わった。いつも済まんな」

想十郎が礼を言うと、

「あっしまで、朝餉をご馳走《ちそう》になっちまって、申し訳ねえ」

忠七が、首をすくめて言い添えた。

「いいんですよ。流さまや忠七さんが、近くにいる御陰《おかげ》で、ならず者たちに襲われる心配をせずに、商いができるんですから」

おつたは、「片付けますね」と言って、土間から板間に上がり、想十郎たちのいる座敷に入ってきた。そして、ふたりの食膳《しょくぜん》を板間まで運んだ。

おつたが土間に下りて、想十郎の食膳だけ手にした。ふたり分の食膳を一度に運ぶのは、難しいらしく、「すぐ、残りを取りに来ますね」と言って、外に出ようとした。

「あっしが、手伝いやす」

忠七が、慌てて立ち上がった。そして、土間に下りると、残った食膳を手にし、おつたにつづいて戸口から出ていった。

想十郎は忠七が戻るのを待って、ふたりで離れを出た。そして、浜町堀沿いの通りを南にむかった。陽は薄雲のなかにあったが、雨の心配はなさそうだった。

「旦那《だんな》、やっぱり剣術道場に行くんですかい」

歩きながら、忠七が訊いた。

「そうだ。道場はどうなったかな」

想十郎は呟《つぶや》くような声で言い、すこし足を速めた。

ふたりは高砂町に出て、浜町堀にかかる高砂橋のたもとまで来ると、右手の通りに入った。そこは賑《にぎ》やかな表通りで、人が絶え間なく行き交っていた。

想十郎たちは、見覚えのある蕎麦屋《そばや》の脇にある道に入った。

そこは人通りがすくなく、目にするのは土地の住人が多いようだ。いっとき歩くと、一町ほど先に道場が見えてきた。

「旦那、稽古《けいこ》中のようですぜ」

忠七が言った。

まだ、道場は遠方だが、気合や竹刀を打ち合う音が聞こえた。剣術の稽古のおりの気合や竹刀を打ち合う音は、遠方でも聞こえるのだ。

「めずらしいな。人数は少なく、何人かで稽古をしているようだ」

想十郎は、門弟たちが大勢で稽古をしているのを見たことがなかった。それに、竹刀を打ち合う音からも、少人数であることが知れる。

「何か、あったんですかね」

忠七が言った。

「分からん。……ともかく行ってみよう」

想十郎が足を速めた。忠七は、遅れずについてくる。

道場に近付くと、稽古の音がはっきり聞こえてきた。

「大勢ではないな。稽古をしているのは、四人だ」

想十郎は竹刀の音や床を踏む音で、二組、四人で、竹刀を遣って稽古をしていることが分かった。

想十郎と忠七が道場の前まで行くと、閉まっていることの多い板戸が開いていて、道場内から稽古の音が聞こえた。

想十郎と忠七は、道場の戸口から入った。土間の先に狭い板間があり、その先の板戸が閉めてあった。板戸の先が、稽古場になっていて、気合、竹刀を打ち合う音、床を踏む音などがはっきりと聞こえた。やはり、稽古をしているのは、二組、四人である。

「頼もう！」

想十郎が声をかけた。

すると、床を歩く足音がした。足音は、想十郎と忠七が立っているすぐ前の板戸の向こうでとまった。

板戸が開き、稽古着姿の若い武士がひとり姿を見せた。武士は土間の先の狭い板敷きの間に出て、想十郎の前に膝《ひざ》を折った。稽古を終えて間がなかったと見え、顔に汗がつたっている。

「それがし、流想十郎と申す。師範代の青島どのがおられたら、流が来たと、お伝えくだされ」

想十郎が、青島の名を出すと、

「お待ちくだされ。すぐに、御師範にお知らせします」

武士はそう言い、頭を下げると、すぐに道場にもどった。

待つまでもなく、武士は、青島を連れてもどってきた。

「おおッ、流どのか。入ってくれ」

青島が声を上げた。

青島も道場内で稽古をしていたらしく、稽古着は汗で濡《ぬ》れ、顔には汗がひかっていた。

「稽古中か」

想十郎が訊いた。

「いや、稽古は終わりにしようと思っていたところだ。久し振りに、門弟たちが何人か顔を揃えたのでな。稽古に汗を流していたのだ」

青島が満足そうな顔をして言った。青島にすれば、門弟たちとの稽古は、久し振りだったのだろう。

青島は、あらためて想十郎と忠七に、道場に入るよう勧めた。

「あっしは、遠慮しやす」

忠七が首を竦《すく》め、「あっしは、道場の近くを探ってみやす」と小声で言い、土間から出ていった。

忠七にすれば、道場の門弟たちに加わるのは、気が引けるのだろう。それに、稽古中の道場に入っても、自分の居場所はない、と思ったにちがいない。

2

想十郎は、青島につづいて道場に入った。

正面が、師範座所になっていた。そこには、誰もいなかった。道場主の木島がいれば、そこに座していただろう。

門弟たちは、道場の両側に座していた。片側に四人ずついる。総勢、八人だった。これだけの道場で、稽古しているのが八人では、あまりに少ない。

門弟たちの顔が、汗で光っていた。いずれも稽古着姿で、胴をつけていた。面と籠手《こて》は、座した膝先に置いてある。

青島は、想十郎を正面の師範座所の前に連れて行き、門弟たちに体をむけると、

「ここにおられるのが、以前話した流想十郎どのだ。剣の達人で、この道場のために手を貸してくれている。道場主の木島さまとも、懇意にされている方だ」

そう、紹介した。

想十郎は表情も変えずに、

「流想十郎で、ござる」

と、口にしただけだった。

「流どのは、たまたま稽古が終わったときに来られたが、次は稽古が始まる前に来て、稽古をつけてもらいたい、と思っている」

青島が、声を大きくして言った。

門弟たちは、食い入るように想十郎を見つめている。

想十郎は何も言わず、ちいさく頭を下げただけだった。想十郎は、門弟たちに稽古をつける気などなかった。

それから、門弟たちは道場内の掃除をし、道場に併設されている着替えの間に入った。着替えの間といっても、道場と板戸を隔てただけの小屋で、そこが稽古のときに身につける面や胴などの防具置き場にもなっている。

想十郎と青島は師範座所の脇に腰を下ろし、門弟たちが帰り支度を終えて出てくるのを待った。

門弟たちが着替えの間に入って、いっときすると、ひとり、ふたりと道場内に出てきた。いずれも、小袖《こそで》に袴姿《はかますがた》だった。手に木刀を持ったり、稽古着を丸めて紐《ひも》で縛り、それを肩にかけている者もいた。

着替えの間から出てきた門弟たちは、師範座所の脇にいる想十郎と青島に頭を下げてから、戸口に足をむけた。

門弟たちが道場から出て行くと、

「門弟たちが道場で稽古をしているとは、思わなかったな。何か、あったのか」

想十郎が、青島に訊《き》いた。

「三日前、たまたま、道場に門弟が四人稽古に来てな。おれが道場にいたので、稽古をつけたのだ。……稽古の後、四人に、これからも稽古をつづけたいので、知り合いの門弟たちに話してくれ、と頼んだのだ。四人が、知り合いの門弟たちの屋敷を訪ね、今日集まって稽古をするように、話してくれたらしい」

「そういうことか」

想十郎は納得した。

「ただ、このまま稽古をつづけるのは、難しいと見ている」

青島が、顔を険しくして言った。

「源兵衛か」

「そうだ。この道場を賭場《とば》にするために狙っている源兵衛が、黙って稽古《けいこ》を見逃すはずがない」

「源兵衛は、何か手を打ってくるな」

想十郎も、このまま稽古をつづけるのは、難しいとみた。

「そうかと言って、門弟たちのためにも、稽古を続けないわけにはいかない」

青島が語気を強くして言った。

想十郎と青島が口をつぐむと、道場内は重苦しい沈黙に包まれたが、

「いずれにしろ、明日は、おれも稽古が始まるころに来てみよう」

想十郎が言った。

「かたじけない」

青島が、想十郎に頭を下げた。

「ところで、道場主の木島どのは、どうされている」

想十郎が、声をあらためて訊いた。

「お変りないようだ。どうだ、裏手の母屋に顔を出してみるか。おれも、一緒に行ってもいい」

そう言って、青島は想十郎に目をやった。

「いや、遠慮する。おれが母屋に顔を出せば、面倒をかけるだけだからな」

想十郎が苦笑いを浮かべた。

それから想十郎は、青島といっとき話した後、

「明日も来てみよう」

と言い残し、忠七とふたりで道場を出た。

道場から出ると、

「旦那《だんな》、このまま松崎屋に帰《けえ》りやすか」

すぐに、忠七が訊いた。

「そのつもりだ」

「ちょうど、松崎屋に帰るころは、夕餉《ゆうげ》時ですぜ」

忠七が、声をひそめて言った。

「そうだな」

見ると、陽は家並の向こうに沈みかけている。

「おつた姐《ねえ》さんに、また夕餉の支度をしてもらうんですかい」

忠七が訊いた。

「おつたは、気を利かせて支度してくれるからな」

想十郎が何も言わなくても、おつたは夕餉の支度をして、離れに運んでくれるだろう。

「旦那、たまには、おつたさんに手間をかけず、夕餉を食《く》って帰《けえ》ったらどうです」

忠七が、上目使いに言った。

「途中、どこかの店に寄るのか」

想十郎が訊いた。

「そうでさァ」

「どこか、心当たりの店でもあるのか」

「ありやす」

忠七が口早に話したところによると、帰る途中に通る高砂橋のたもとに、蕎麦屋《そばや》があったという。

「蕎麦屋で、一杯やった後、蕎麦で腹拵《はらごしら》えをすれば、おつたさんに手間をかけさずに済みやすぜ」

「そうか。蕎麦屋で一杯やって帰るか」

想十郎も、たまにはおつたの手を煩わせずに済ませようと思った。

3

翌日も、想十郎は忠七とともに木島道場にむかった。昨日、青島に明日も来る、と言っておいたこともあったが、想十郎の胸の内には、池沢や源兵衛一家の者たちが、何か仕掛けてくる、という読みもあったのだ。

松崎屋の離れを出たのは、五ツ（午前八時）ごろだった。おつたが、運んでくれた朝餉《あさげ》を食べ、早目に松崎屋を出たのである。

想十郎と忠七は、昨日と同じ道筋を通って高砂町まで来た。そして、前方に木島道場が見えてくると、

「稽古の音が、聞こえやすぜ」

と、忠七が言った。

道場から、気合や竹刀を打ち合う音などが聞こえてきた。門弟たちが、稽古をしているらしい。

想十郎と忠七は、足を速めた。そして、道場の戸口近くまで来ると、想十郎があらためて、道場の脇などに目をやった。道場のことを探っている

者がいないか、確かめたのである。

「旦那、あっしは道場に入らずに、道場の脇に身を隠して池沢たちが来るかどうか見張ってやしょうか」

忠七が、目を光らせて言った。

「そうしてくれ」

想十郎も、忠七は道場に入らず、通りを見張って欲しかった。池沢たちが道場を襲うようなことがあっても、踏み込む前に気付けば、迎え撃つことができる。

「やつらが来たら、すぐ知らせやす」

そう言って、忠七は道場の脇で枝葉を茂らせていた椿の陰に身を隠した。

想十郎はひとり、道場の表戸を開けて土間に入った。

道場内から、気合、竹刀を打ち合う音、床を踏む音などが、耳を聾《ろう》するほどに聞こえてきた。何人もの門弟が、稽古をしているらしい。

想十郎は声をかけずに、土間から板間に上がった。稽古中の門弟を呼び出す気にならなかったのだ。それに、道場内の様子も分かっていたし、門弟たちも想十郎を知っていたので、突然入ってきても、驚かないだろう。

想十郎は、道場の隅の板戸をあけた。

道場内では門弟たちが面や胴をつけ、竹刀を遣って稽古をしていた。三組、六人が稽古中で、道場の両側には防具を着け、竹刀を手にした門弟たちが、自分の稽古の番が来るのを待っていた。

師範代の青島は、道場の正面の師範座所の前に立っていた。門弟たちの稽古の様子を見ている。何か気付いたことがあれば、門弟を呼んで指南するはずだ。

想十郎は道場の隅を通って、青島のそばに行った。

「おお、流どの、よく来てくれた」

青島が、想十郎に声をかけた。

想十郎は「ここで、稽古を見させてくれ」と言い、青島の脇に立った。

それから、門弟たちの竹刀で打ち合う稽古は半刻《はんとき》（一時間）ほどつづき、兄弟子の門弟の「やめ!!」という声で、稽古をやめた。そして、門弟たちは面と籠手《こて》をはずし、師範座所の前に来て端座した。これで、竹刀で打ち合う稽古は終わり、師匠の立場にいる青島から、話を聞くのである。

青島は門弟たち全員の稽古について、気付いたことを話し、さらに個々の門弟のことを簡単に口にした。稽古の後の指導は褒めることがほとんどで、後は門弟が気付かないことを言い添えるだけである。

「流どの、何かあるか」

青島が脇にいる想十郎に訊《き》いた。青島は満足そうな顔をしていた。いい稽古《けいこ》ができたと思っているようだ。

「こうした稽古をつづければ、腕が上がる」

想十郎は、そう言っただけだった。

想十郎は、門弟たちが道場内の掃除を終えて道場を出るまで手を出さず、師範座所の隅に腰を下ろしていた。

青島はひとり道場のなかほどに立って、木刀を遣って太刀《たち》捌《さば》きの稽古をしていた。

想十郎は、青島の稽古の様子を見ている。

門弟たちが道場から帰り始め、小半刻（三十分）ほどして、門弟がいなくなったとき、

「青島どの、訊きたいことがあるのだがな」

と、想十郎が声をかけた。

青島は手にしていた木刀を下ろし、想十郎のそばに来た。

「腑《ふ》に落ちないことがあるのだ」

想十郎が言った。

「何だ」

　青島が訊いた。

「親分の源兵衛や池沢は、なぜ、剣術道場を賭場《とば》にしようとしているのだ。敷地が広いことは分かっているが、道場を賭場にするのは難しいぞ。かなり手を加えねば、賭場にはなるまい」

「そうかもしれん」

　青島が小声で言った。

「それに、こうして師範代や門弟たちが道場で稽古をしているのだ。道場主も、裏手の家に住んでいる。……道場にかかわりのある者たちをすべて追い出し、ここを賭場にするのは、容易なことではないぞ」

「そうだな」

　青島が、顔を厳しくして言った。

「それなのに、なぜ、源兵衛や池沢は、この道場にこだわっているのだ」

　想十郎が青島を見つめて訊いた。

　青島はいっとき虚空に目をむけて黙考していたが、

「源兵衛が縄張りにしている富沢町や高砂町には、これだけ広い敷地はないからだろう」

と、呟《つぶや》くような声で言った。

「それだけか」

想十郎は、まだ腑に落ちなかった。

「池沢の意地だな」

青島が語気を強くして言った。双眸《そうぼう》が強いひかりを宿している。

「意地とは？」

「池沢は、道場主の木島さまに代わって、この道場を自分のものにしようとした。ところが、木島さまは、池沢をまったく相手にしなかった。それで、源兵衛の用心棒だったこともある池沢は、ひとり道場を出て源兵衛の許《もと》に走ったのだ」

「そうか。この道場を賭場にし、賭場を自分が仕切ることで、池沢はこの道場を自分のものにしようとしているのだな」

「おれは、そうみている」

青島が顔を厳しくした。

「いずれにしろ、池沢だけでなく、背後にいる親分の源兵衛も何とかしないと始末はつかないわけか」

想十郎の双眸が、鋭い光を宿している

そのとき、道場の戸口で、「流の旦那《だんな》！」と呼ぶ忠七の声が聞こえた。

4

想十郎はすぐに戸口にむかった。青島も、想十郎につづいた。

ふたりが戸口まで出ると、忠七が土間に立っていた。ひどく慌てている。

「旦那！　大変だ」

忠七が、想十郎たちの姿を見るなり声を上げた。

「どうした、忠七」

想十郎が訊いた。

「も、門弟がひとり、池沢たちにつかまりやした」

「場所は、どこだ！」

想十郎が声高に訊いた。

「この道の先でさァ」

忠七が道場の前の道を指差し、すぐに走りだした。

想十郎と青島は、慌てて忠七の後を追った。

忠七は表通りに出る道を一町ほど走って、路傍に足をとめた。

通りからすこし入った草叢《くさむら》に、若い男がひとり、座り込んでいた。門弟らしい。男の小袖《こそで》が肩から胸にかけて切り裂かれ、血に染まっていた。男は顔をしかめて、荒い息を吐いている。

「佐々野《ささの》、どうした！」

青島が声をかけた。男の名は佐々野のようである。

「ど、道場を出て、ここまで来たら、いきなり飛び出してきて……」

佐々野が、声を震わせて言った。

「そやつは、何者だ」

青島が訊いた。

「そ、その男の名は知りませんが、そばに池沢がいました」

佐々野が、青島を見上げて言った。

青島の脇で見ていた想十郎は、

……命を落とすことは、なさそうだ。

と、胸の内でつぶやいた。

「やはり、池沢たちか。それで、何か訊かれたのか」

「は、はい……」

「何を訊かれた」

「な、流さまのことです」

佐々野が、想十郎に目をやって言った。

「どんなことを訊かれた」

「このところ、道場にいることが多いが、毎日来ているのか、と訊かれました」

佐々野はすこし落ち着いたのか、はっきりと話すようになった。

「どう答えた」

「毎日ではないが、来る日が多くなったと話しました」

「他には」

さらに、青島が訊いた。

「このところ、道場で稽古をしている日が多くなったが、これからも毎日、つづけるのか訊かれました」

「それで」

青島が、話の先をうながした。

「稽古は、毎日つづけると言いました」

「他には」

「訊かれたのは、そのくらいですが……」

佐々野はそう口にした後、

「こ、今後、道場に来れば、命はない、と言われました」

と声をつまらせて言い添えた。

「そうか。ともかく、傷が癒《い》えるまで出歩かずに、屋敷にいることだな。……屋敷の近くまで送っていこう」

青島はそう言った後、自分の肩に、佐々野の片腕をまわして、立たせてやった。佐々野の家は近いので、そう手間はかからないだろう。

「おれたちは、道場にもどっているぞ」

想十郎が言った。

「そうしてくれ。すぐもどる」

青島は佐々野とともに、通りの先にむかった。

想十郎と忠七は来た道を引き返し、道場の前までくると、忠七も想十郎と一緒に道場内に入った。

忠七は、物珍しそうに道場内に目をやっている。木島道場のなかに入るのは、初めてだったのだろう。

「どうだ、忠七、剣術の稽古でもするか。おれが指南してやってもいいぞ」

想十郎が、笑みを浮かべて言った。

「遠慮しやす。竹刀で叩《たた》かれたくねえ」

忠七が首をすくめた。

「では、独《ひと》り稽古《げいこ》でもするかな。何もしないで、道場内で待っているなら、稽古でもした方が気が晴れるからな」

そう言って、想十郎は道場のなかほどに立った。

想十郎は敵と対峙《たいじ》していることを想定し、抜刀しざま踏み込んで、袈裟《けさ》に斬り込んだり、刀身を横に払ったりしていた。

そして、いっときすると、今度は刀の切っ先を敵にむけてから、真っ向や袈裟、突きなどで斬りつけたりした。

小《こ》半刻《はんとき》（三十分）ほどすると、想十郎の顔に汗が浮いてきた。ただ、想十郎の息は乱れなかった。鍛え上げた体である。

想十郎が架空の敵に対して上段に構えたとき、道場の戸口で足音が聞こえた。青島が帰ってきたらしい。

想十郎が手にした刀を鞘《さや》に納め、手の甲で額の汗を拭《ぬぐ》ったとき、青島が道場に入ってきた。

「何かあったのか」

青島が、想十郎の額に浮いている汗を見て訊いた。

「いや、暇なので、独り稽古をしていたところだ」

想十郎が、苦笑いを浮かべて言った。

「そうか。おれは、また、源兵衛の子分でも踏み込んできて、斬り合いになったのかと思ったぞ」

青島も、相好をくずした。

「それで、佐々野は無事に帰れたのか」

想十郎が訊いた。

「帰れた。……ただ、しばらく、稽古はできないな」

青島が、眉《まゆ》を寄せて言った。

5

佐々野が池沢たちに襲われた翌日、道場に姿を見せた門弟はすくなかった。佐々野が襲われたことを知って、二の足を踏んだのだろう。

それでも、青島は稽古をやめなかった。多少、稽古の時間は短くなったが、これまでと変らず、稽古をつづけたのである。

道場には、想十郎の姿もあった。想十郎は稽古にくわわらず、師範座所の脇に立って稽古を見ていた。

やはり、稽古に活気がなかった。門弟たちは佐々野が襲われことで、稽古に集中できないのであろう。

稽古が一通り済むと、青島は門弟たちを師範座所の前に集め、

「佐々野のこともあるので、できるだけ一緒に帰ってくれ」

と、指示した。

青島は途中まで門弟たちと一緒に行くつもりだったが、そのことは口にしなかった。一緒に行くと言っても、門弟たちの家はばらばらなので、わずかしか同行でき

ない者がいるからだ。

門弟たちは着替えを終えると、緊張した面持ちで道場を出た。八人の門弟は途中まで一緒に行ったが、浜町堀にかかる栄橋を渡ると、バラバラになった。栄橋の東方に武家地が広がり、門弟のほとんどが御家人か旗本の子弟だったので、屋敷に行くための道を通らねばならないのだ。

想十郎たちは四人の門弟が入った道を選び、跡をつけた。他の門弟たちは、武家地に入る手前で別々になったからだ。

一方、道場の外にいた忠七は、想十郎たちの後からついていった。前を行く門弟や想十郎たちとは、かかわりのないような顔をしている。

四人の門弟が武家地に入って、二町ほど歩いたときだった。ふいに、四人の門弟が足をとめた。前方に何かを目にしたようだ。

「おい、池沢たちだぞ！」

青島が声を上げた。

見ると、四人の門弟の前方に、男たちの姿があった。七、八人いる。離れているのではっきりしないが、池沢がいることは分かった。武士がふたり、他は遊び人ふうの男である。

「池沢と矢代だ！」

青島が、叫んだ。そして、門弟たちの方へ向かった。他の男たちは、源兵衛の子分であろう。武士ではないが、侮れなかった。長脇差《わきざし》や匕首《あいくち》を手にし、相手の脇や背後から襲いかかるはずだ。

「走るぞ！」

想十郎が、声を上げて走りだした。

青島も走り、忠七はすこし遅れて追ってくる。

四人の門弟は背後からの攻撃を恐れて、近くにあった武家屋敷の築地《ついじ》塀《べい》を背にして立った。その四人を取り囲むように、池沢や源兵衛の子分たちが、匕首や長脇差を手して立ち塞《ふさ》がった。

「そこをどけ！」

想十郎は声を上げ、集まっている男たちの背後に近付いた。

「池沢の旦那《だんな》、二本差しをお願えしやす」

と、兄貴格と思われる男が、声をかけた。慌てた様子がない。道場の門弟が、助けに来ることも想定していたようだ。

すると、想十郎に背を向けていた武士が反転し、足早に想十郎に近付いてきた。

池沢である。

「池沢、今日こそ始末をつけてやる」

想十郎が言った。

「うぬは、流《ながれ》だな」

「いかにも」

想十郎は抜刀体勢をとった。

「今日こそ、おれが始末してやる」

言いざま、池沢は抜刀した。

想十郎と池沢との間合は、およそ二間だった。真剣勝負の間合としては近いが、そこは狭い場所であり、しかも、青島や門弟たち、それに源兵衛の子分たちが大勢いたので、間合が広くとれないのだ。

一方、青島は矢代と対峙していた。ただ、矢代は青島からすこし身を引き、源兵衛の子分たちが、青島を取り囲んでいた。矢代は、青島が剣の遣い手であることを知っているのだ。

近くを通りかかった近所の武家屋敷に奉公する中間《ちゅうげん》や小者などが、慌てて逃げていく。

想十郎は池沢を前にして青眼《せいがん》に構えると、剣尖《けんせん》を池沢の目にむけた。腰の据わった隙のない構えである。

対する池沢は、八相《はつそう》に構えた。刀身をほぼ垂直に立てている。隙のない大きな構えだった。上から覆い被《かぶ》さってくるような威圧感がある。

ふたりは、青眼と八相に構えたまま動かなかった。ふたりとも全身に斬撃《ざんげき》の気配を見せ、気魄《きはく》で攻めている。気攻めである。

……蝴蝶剣《こちようけん》を遣う。

想十郎は胸の内でつぶやき、腰をわずかに沈めた。一瞬の動きを速くするためである。

そのとき、池沢が驚いたような顔をして、すこし身を引いた。想十郎の構えを見て、変った剣を遣うと察知したようだ。

想十郎と池沢の間合がひらいたとき、すこし離れた場にいた矢代が悲鳴を上げて、後退《あとずさ》った。頬から顎《あご》にかけて、血に染まっている。青島の斬撃を浴びたらしい。

矢代は青島との間合が開くと、

「何を見ている！　こやつを後ろから、襲え」

そばにいた仲間の遊び人らしい男に、声をかけた。

すると、男は甲走《かんばし》った気合を発し、踏み込みざま手にした匕首を前に突き出した。匕首の切っ先が青島の左袖《そで》を裂いたとき、青島は刀身を峰に返しざま横に払った。素早い太刀《たち》捌《さば》きである。

青島の刀身が、男の腹を強打した。峰打ちである。男は手にした匕首を落とし、前によろめいた。そして、足がとまると、両手で腹を押さえて、その場にうずくまった。苦しげな呻《うめ》き声を漏らしている。肋骨《あばらぼね》でも、折れたのかもしれない。

青島は男に構わず、近くにいた矢代に切っ先をむけた。

「お、おのれ！」

矢代は、後退った。そして、青島との間合があくと、反転して走りだした。逃げたのである。

「矢代、逃げるか！」

青島は矢代の後を追ったが、すぐに足をとめた。矢代の逃げ足が速く、追いつけないとみたからだ。

青島は、あらためて近くにいた遊び人ふうの男に切っ先をむけ、

「来い！」

と、声を上げた。

遊び人ふうの男は、恐怖で顔を歪《ゆが》めて後ずさった。そして、青島との間合があくと、甲高い悲鳴を上げて走りだした。矢代につづいて、逃げていく。すると、近くにいた源兵衛の子分たちも慌てて身を引き、青島や想十郎と離れると、反転して走りだした。

このとき、池沢は想十郎と対峙《たいじ》していたが、素早い動きで後ずさった。そして、想十郎との間合があくと、

「勝負、あずけた！」

叫びざま、反転した。想十郎から、逃げたのだ。

想十郎は、池沢を追わなかった。逃げ足が速く、追っても追いつけないとみたからだ。

6

その場に残ったのは、想十郎と青島、それに同行した四人の門弟だった。四人の門弟のうちふたりが手傷を負っていた。

ひとりは右袖を切り裂かれ、二の腕に血の色があった。ただ、出血はわずかだっ

た。皮肉を浅く裂かれただけである。

　もうひとりは、小袖の脇腹を横に斬り裂かれていたが、出血はすくなかった。命にかかわるような傷ではないだろう。

　他のふたりは、無傷だった。ただ、ひとりが小袖の背を斜《はす》に裂かれていた。後ろから切られたようだが、切っ先は肌までとどかなかったようだ。

「よかった！　みんな、無事で」

　青島が、ほっとしたような顔をして言った。

　そのとき、すこし離れた場所で戦いの様子を見ていた忠七が走り寄り、

「そいつから、話が訊けやすぜ」

と言って、路傍にうずくまっている男を指差した。

　男は苦しげな呻き声を上げていた。青島の峰打ちで、腹を強打されたらしい。

「この男に、訊《き》いてみよう」

　青島が言い、男に近付いた。

　その場にいた想十郎と門弟たちも、男のそばに集まった。

　青島が男の脇に立ち、

「名は」

と、訊いた。

男は苦しげに顔をしかめていたが、

「ま、政吉《まさきち》で……」

と、声を震わせて言った。まわりを取り囲んでいる男たちに、名を隠して抵抗する気力がないのかもしれない。

「池沢と一緒にいた男たちは、源兵衛の子分たちだな」

青島が念を押すように訊いた。

「そうだ」

「道場の門弟たちを襲うのは、なぜだ」

「あの道場をつぶして賭場《とば》にする、と聞いていやす」

政吉は、隠さずに話した。

「そうか」

青島はいっとき間を取った後、

「親分の源兵衛は姿を見せぬが、住処《すみか》はどこにある」

と、語気を強くして訊いた。

政吉は戸惑うような顔をして口を噤《つぐ》んでいたが、

「長谷川町でさァ」

と、小声で言った。

「長谷川町のどの辺りだ」

青島が念を押すように訊いた。長谷川町は富沢町の西方に広がっているが、広い町なので、町名が分かっただけでは捜すのが難しい。

「稲荷《いなり》の近くでさァ」

政吉が言った。

「稲荷か」

青島は、長谷川町に稲荷があるのを知っていた。

「そうでさァ」

「商売でもやっているのか」

「仕舞屋《しもたや》でさァ」

政吉によると、二階建ての大きな家で、行けばすぐに分かるという。また、親分の源兵衛だけでなく、数人の子分も同居しているそうだ。

「女房も一緒か」

「へい」

「女房の名は」

「あっしらは、おしま姐《ねえ》さんと呼んでやす」

「ふだん、源兵衛は、その家に住んでいるのだな」

青島が、政吉を見据えて訊いた。

政吉は戸惑うような顔をして口をつぐんでいたが、

「いねえときも、ありやす」

と、小声で言った。

「いないときは、どこへ行っているのだ」

青島が訊いた。

「情婦《いろ》のところでさァ」

「源兵衛は、情婦をかこっているのか」

「そうでさァ」

「情婦の名は」

「聞いてねえ」

「情婦は、どこに住んでいる」

青島が、畳み掛けるように訊いた。

「堀江町《ほりえちよう》一丁目にある小料理屋と聞いてやす」

「小料理屋の名は」

堀江町一丁目は、入堀《いりぼり》沿いに広がっている。江戸橋《えどばし》にも近く、人通りが多かった。そのせいか、堀の道沿いには料理屋、小料理屋、蕎麦屋、一膳《いちぜん》めし屋などの飲み食いする店が、並んでいた。堀江町一丁目と分かっただけでは、捜すのがむずかしい。

「店の名は聞いてねえが、近くに橋があるそうでさァ」

政吉が言った。

「橋だな」

青島はそれだけ分かれば、源兵衛の情婦のいる小料理屋はつきとめられると思った。

「何かあったら、話を訊いてくれ」

そう言って、青島は政吉のそばから身を引いた。

「おれも、訊きたいことがある」

想十郎は、青島に代わって政吉のそばに立ち、

「池沢と矢代も、源兵衛の塒《ねぐら》に出入りしているのか」

と、訊いた。ふたりは武士で、しかも青島道場の門弟だった男である。

「ふたりとも、近頃出入りするようになりやした」

政吉によると、矢代は池沢と一緒に行動するようになってから、源兵衛の塒に出入りするようになったという。

「そうか。……ところで、源兵衛は、どうあっても道場を賭場にする気か」

想十郎が、声をあらためて訊いた。

「親分は、その気でさァ。……親分はここで道場から手を引いたら、顔がたたねえ。子分たちの手前、下手に手は引けねえはずだ」

政吉が、語気を強くして言った。

想十郎はうなずくと、政吉の前から身を引いた。

次に政吉から話を訊く者がなく、その場が重苦しい沈黙につつまれると、

「あっしを帰《けえ》してくだせえ。……足を洗いやす」

政吉が、その場にいる男たちに目をやって言った。

「政吉、どこへ帰るのだ。源兵衛のとこへもどるのか」

想十郎が訊いた。

「そんなことはできねえ。あっしが、旦那《だんな》たちに捕まったことは、子分たちも知ってまさァ。下手に親分のとこへ帰《けえ》れば、あっしが旦那たちに仲間のことを話して逃

がしてもらったことが分かっちまう。……それに、腹がこのままじゃァ、仲間たちのところへ帰りたくても、帰れねえ」

そう言って、政吉は腹を手で押さえた。青島の峰打ちを浴びたところが、痛むらしい。

「身を隠して、暮せるところがあるのか」

想十郎に代わって、青島が訊いた。青島が政吉に峰打ちを浴びせたので、気になっていたのだろう。

「あっしの親が、柳原《やなぎわら》通りの近くの豊島町《としまちょう》で古着屋をやってやす。そこに帰って、店の手伝いをしやす」

政吉が涙声で言った。

想十郎は、黙ってうなずいただけで何も言わなかった。

7

想十郎が青島たちと一緒に池沢たちと闘い、捕らえた政吉から話を訊いた翌日だった。松崎屋の裏手にある離れで、遅い朝餉《あさげ》の後、おつたが淹《い》れてくれた茶を飲んでいると、表の格子戸の開く音がした。

「流の旦那、いやすか」

忠七の声がした。

「いるぞ。入ってくれ」

想十郎が声をかけると、忠七が土間に入ってきた。

「どうした、忠七」

想十郎が訊《き》いた。

「今日も、旦那はどこかへ出掛けるのかと思って来てみたんでさァ」

「道場へ行ってみる」

想十郎は、道場にいる青島と会い、都合がつくようだったら、一緒に長谷川町に行くつもりだった。

稲荷のそばにあるという源兵衛の住む家に行き、源兵衛がいるかどうか確かめ、いれば討ち取るつもりだった。源兵衛を始末すれば、道場を賭場《とば》にするという話もなくなるだろう。

「あっしも、お供しやしょう」

忠七が言った。

「そこで、待っていてくれ。すぐ、行く」

想十郎は湯飲みの茶を飲み干し、傍らに置いてあった大刀を手にして立ち上がった。

想十郎が忠七と共に離れから出ると、

「女将《おかみ》に、話しておかなくていいんですかい」

忠七が訊いた。

「おつたが茶を持ってきたとき、出掛けると話しておいたのだ」

「そうですかい」

忠七がうなずいた。

想十郎たちは表通りに出ると、まず道場にむかった。陽はだいぶ高くなっていた。四ツ（午前十時）を過ぎているだろう。

想十郎と忠七は、浜町沿いの道を南にむかい、高砂町に入った。そして、通り沿いにある蕎麦屋《そばや》の脇の道をしばらく歩くと、前方に道場が見えてきた。気合、竹刀を打ち合う音、床を踏む音などが聞こえる。

「稽古《けいこ》中らしいな」

想十郎が言った。胸の内で、

……稽古をしているのは、何人もいないようだ。

と思った。稽古の音で、道場内で稽古している人数が推測できるのだ。

想十郎たちが道場の近くまで来ると、竹刀を打ち合う音がやんだ。どうやら、稽古が終わったようだ。

「旦那、あっしは、外で様子を見てやす」

忠七が言った。忠七は、道場に入りたがらなかった。剣術の稽古を見ても仕方がないし、若い武士たちのなかに加わるのは、気が引けるのだろう。

想十郎は、ひとりで道場に入った。

道場のなかほどに、十人ほどの門弟が座していた。青島は正面の師範座所の脇に立って、門弟たちに何か話していたが、想十郎の姿を見ると、

「ならず者たちに襲われることはないと思うが、念のため、途中までまとまって帰ってくれ。そう長い間ではない。近いうちに、やくざ者たちを始末して、安心して道場に通えるようにするからな」

そう言ってから、想十郎のそばに来た。

すると、門弟たちが振り返って、想十郎に顔をむけた。安心したように表情をやわらげた者もいたが、こわばった顔をしている者もいた。想十郎たちと、やくざた

ちとの闘いを想像したのかもしれない。

　その後、門弟たちは簡単に道場の掃除をしてから着替えの間に入った。着替えの間といっても狭い部屋である。

　門弟たちが着替えを終えると、想十郎と青島は師範座所の近くに立ち、門弟たちが道場を出ていくのを見送った。

　門弟たちが道場からいなくなると、

「流どの、これから長谷川町へ行ってみるか」

　青島が小声で言った。双眸《そうぼう》が、強いひかりを宿している。

「そのつもりで、来たのだ」

　想十郎は機会があれば、源兵衛を討つつもりでいた。ただ、無理をすると、返り討ちに遭う。

「先に、道場を出てくれ。おれは戸締まりをして、裏手から出る」

　青島が言った。

　すぐに、想十郎は道場の戸口から出た。そして、いっとき待つと、道場の脇から来る青島の姿が見えた。

　青島は道場の戸締まりをしてから裏手にまわって、別の戸口から出たらしい。

「出掛けるか」

想十郎が青島に声をかけた。そして、ふたりは長谷川町にむかった。稲荷《いなり》の近くにあるという源兵衛の住家をつきとめるつもりだった。

道場を出て一町ほど歩いたとき、路傍に立っている忠七の姿が見えた。どうやら、忠七は、想十郎たちが来るのを待っていたらしい。

想十郎と青島が近付くと、

「長谷川町ですかい」

忠七が訊いた。

「そうだ。これから行くつもりだ」

「あっしも、お供しやす」

忠七は、想十郎と青島についてきた。

想十郎たち三人が、富沢町から長谷川町に入って間もなく、通り沿いに稲荷があった。稲荷の祠《ほこら》のまわりに、椿《つばき》や樫《かし》などの木が植えてある。

「稲荷の近くにある二階建ての家らしい」

想十郎が言った。

通り沿いには、仕舞屋《しもたや》の他に八百屋、豆腐屋、下駄《げた》屋などの暮しに必要な物を売る店が目についた。行き交う人も町人が多く、武士はあまり見掛けなかった。

「あの家かも知れぬ」

想十郎が、前方を指差して言った。

その辺りでは、目を引く二階建ての大きな家である。

家のまわりを板塀で囲ってあり、通り沿いに丸太を二本立てただけの吹き抜け門があった。門を入った先が家の戸口になっていて、格子戸がたててあった。

想十郎たちは通行人を装って、吹き抜け門のそばまで来た。

「家には、何人もいるようだ」

想十郎が、声をひそめて言った。

家から、男たちの話し声や笑い声などが聞こえてきた。何を喋《しゃべ》っているか聞き取れなかったが、言葉遣いから武士でなく、町人であることが知れた。おそらく、源兵衛の子分たちであろう。

想十郎たちは、家の前で歩調を緩めただけで通り過ぎた。足をとめると、家にいる者たちの目にとまる恐れがあったからだ。

家から半町ほど離れたところで、想十郎たちは足をとめた。

「源兵衛の住家《すみか》に、まちがいないな」

想十郎が言った。

「子分たちが、大勢いるようだ」

青島は、二階建ての家に目をやりながら言った。

「源兵衛はいるかな」

「いるはずだが」

「どうだ、近所で聞き込んでみるか。ふだん、源兵衛は家にいるかどうか知りたいし、子分たちのことも摑《つか》んでおきたい」

想十郎が、青島と忠七に目をやって言った。

「そうだな。近所で聞き込んでみるか」

青島が言った。

「そこに、瀬戸物屋がある。半刻《はんとき》（一時間）ほどしたら、店の脇に集まることにして、別々に聞き込んでみよう」

想十郎が、半町ほど先にある瀬戸物屋を指差して言った。

「源兵衛の子分たちに気付かれないように、家からすこし離れた場所で聞き込んだ方がいいな」

そう言って、青島は通りの先にむかった。

青島につづいて忠七も、その場を離れた。ふたりは半町ほど歩いてから、左手に入る道に足をむけた。

一人になった想十郎は、通りの先にいる二人の職人ふうの男に目をとめた。二人は、何やら話しながら歩いてくる。

想十郎は、二人が近付くのを待って、

「訊《き》きたいことがある」

と、声をかけた。

「何です」

浅黒い顔をした男が訊いた。ふたりは足を止め、戸惑うような顔をしていた。いきなり、見知らぬ武士に呼び止められたからだろう。

「そこに、二階建ての家があるな」

想十郎が、二階建ての仕舞屋を指差して言った。

「ありやす」

浅黒い顔の男が、すぐに応《こた》えた。もうひとり、小柄な男は戸惑うような顔をしたまま、想十郎を見ている。

「あの家には、だれが住んでいるのだ。……いや、さきほど、ならず者のような男が、何人も入っていくのを見てな。ただの民家ではない、と思ったのだ」

想十郎が、小声で言うと、

「旦那《だんな》、用心した方がいいですぜ。あの家の主《あるじ》は、源兵衛という親分でしてね。この辺りでうろうろしてると、子分たちの目にとまって、何をされるか分かりませんぜ」

浅黒い顔の男はそう言い置き、足早に想十郎から離れた。もうひとりの男は、慌てて浅黒い顔の男の後を追った。

それから、想十郎は通りかかった近所の住人からも話を訊いたが、たいしたことは分からなかった。ただ、池沢と矢代も家に出入りしていることが知れた。

想十郎が分かれた場にもどると、忠七はいたが、青島はまだだった。想十郎と忠七は、青島がもどるのを待って、来た道を引き返した。今日のところは、このまま帰るつもりだった。

想十郎は歩きながら、

「おれから話す」

そう言って、聞き込んだことを話した。

「あっしも、源兵衛の子分たちが、あの家に出入りしていることを聞きやした」

忠七が言った。

「おれは、源兵衛が、ときどき情婦《いろ》のいる小料理屋に出掛けることがあると聞いたぞ」

そう言って、青島が想十郎と忠七に目をやった。

「堀江町一丁目にある小料理屋だな」

想十郎が身を乗り出して訊いた。すでに、想十郎たちは、源兵衛の情婦が、堀江町一丁目で小料理屋をやっていることを聞いていた。

「そうだ。……店の名も分かった。美園《みその》だそうだ」

青島が言った。

「美園か。色っぽい名だな。それで、情婦《いろ》の名は」

想十郎が訊いた。まだ、想十郎たちは源兵衛の情婦の名を知らなかったのだ。

「おふくだそうだ」

「運のよさそうな名だ」

想十郎が、笑みを浮かべた。

「源兵衛は、美園に行くとき、一人になるはずだ」

青島が言った。

「源兵衛の動きを探れば、ひとりになったとき、討つことができるわけか」

想十郎の目に、刺すようなひかりが宿った。

青島も、虚空を睨《にら》むように見据えている。

「いずれにしろ、今日のところは、道場にもどろう」

想十郎が、青島と忠七に目をやって言った。

第三章　襲　撃

1

想十郎と青島は道場で稽古《けいこ》が終わると、戸口まで出て門弟たちを見送った。

稽古が終わった後、門弟のひとりが、「道場に来るとき、遊び人ふうの男に尾けられた」と話しているのを聞いたからだ。

門弟たちは、三人、四人と一塊になり、話をしながら帰っていく。

門弟たちの姿が遠ざかって見えなくなったとき、

「早く手を打って、心配せずに門弟たちを帰せるようにしなければな」

と、想十郎が言った。

「源兵衛の塒《ねぐら》は、つかんでいる。明日《あした》にも、源兵衛を討ちに行くか」

青島が言った。

「源兵衛が長谷川町にある住家を出て、情婦の住む小料理屋の美園にいるときに仕掛けるつもりだ。忠七が、様子を見に堀江町に出掛けているのでな。今日にも、源兵衛を討ちに行けるかもしれんぞ」

想十郎が、通りの先を見つめて言った。

すでに、門弟たちの姿は、通りの先にちいさくなっている。

「源兵衛を討てば、池沢たちもこの道場から手を引くな」

青島はそう言った後、「道場にもどるか」と呟《つぶや》いて、踵《きびす》を返した。

想十郎も、青島につづいて道場に入ろうとした。そして、青島が道場の土間に入ったとき、想十郎が何気なく通りの先に目をやると、遠方にふたりの門弟の姿が見えた。ふたりは、走ってくる。

「待て！　青島」

想十郎はそう声をかけ、通りのなかほどに出て、改めてふたりの門弟に目をやった。ふたりは、懸命に走ってくる。

「青島どの、何かあったようだぞ」

想十郎が言った。

「そうらしいな」

青島は、ふたりの門弟に目をやった。

想十郎と青島は、ふたりの門弟の方へ走った。そして、ふたりの門弟に近付くと、

「富沢《とみざわ》！　どうした」

青島が声高に訊《き》いた。富沢は、もうひとりの佐久間《さくま》という門弟より年上だった。それで、富沢に訊いたらしい。

「お、襲われました！」

富沢が、声をつまらせて言った。

「門弟たちが、襲われたのか！」

青島の声が、大きくなった。

「この先で！　田崎《たざき》たちも一緒です」

富沢が、指差した。田崎も、門弟である。

「今も、通りの先にいるのではないか」

青島が、通りの先に目をやって言った。田崎たちは、富沢たちよりすこし前に道場を出たのだ。

「それがしたちより、すこし先で、襲われました。……まだ、いるはずです」

富沢が昂《たかぶ》った声で言った。

「行ってみよう！」

青島が走りだした。

想十郎もつづいた。富沢と佐久間は、その場に残っている。襲撃者たちがいるので、行く気になれなかったのだろう。

想十郎と青島が通りの先まで行くと、三人の門弟の姿が見えた。六、七人の男たちに取り囲まれている。取り囲んでいる男のなかに、池沢と矢代の姿もあった。

そのとき、襲撃者たちのなかにいた遊び人ふうの男が、

「道場のやつらだ！」

と、想十郎と青島を見て声を上げた。

「殺せ！　相手はふたりだ」

池沢が、そばにいた男たちに言った。その声で、四人の男が想十郎と青島に近付いてきた。四人は、それぞれ匕首《あいくち》や長脇差《わきざし》を手にしている。

想十郎の前に、浅黒い顔をした男が立った。長脇差を構えている。もうひとり、匕首を手にした男が、左手にまわり込んできた。

池沢は想十郎の右手に立ったが、ふたりの子分より、間合を大きくとっている。ふたりの子分と想十郎の斬り合いを見て、想十郎が隙を見せたとき、踏み込んで斬るつもりなのだ。

一方、青島の前には、矢代が立った。ただ、矢代は青島から大きく間合をとっていた。青島の背後に、長脇差を手にした男がまわり込んだ。もうひとり、左手に立った男が、手にした匕首を青島にむけている。

想十郎は、前に立った男の手にした長脇差が震えているのを見て、

「どうした、それでは、赤子も斬れんぞ」

と、揶揄《やゆ》するように言った。

すると、前に立った男が目を吊《つ》り上げ、

「殺してやる！」

と、叫びざま、手にした長脇差の切っ先を想十郎の腹の辺りにむけて、体ごとつっ込んできた。

想十郎は、刀身を峰に返して右手に跳んだ。そして、男の長脇差をかわすと、刀身を横に払った。一瞬の太刀《たち》捌《さば》きである。

峰打ちが、男の腹をとらえた。

男は長脇差を取り落とし、腹を押さえてその場に蹲《うずくま》った。苦しげな呻《うめ》き声を洩《も》らしている。肋骨《あばらぼね》でも折れたのかもしれない。

これを見た左手にまわり込んでいた男は、顔をこわばらせ、慌てて後ずさりした。腰が引け、手にした匕首が笑うように震えている。

「かかってこい！」

想十郎が声を上げ、男にむかって一歩踏み込んだ。

すると、男は、ヒイッ、と喉《のど》を裂くように悲鳴を上げて反転し、匕首を手にしたまま逃げだした。

これを見た池沢は、

「いくじのない奴等だ！」

と、吐き捨てるように言って、後退《あとずさ》った。そして、想十郎との間合が開くと、

「勝負、預けた！」

と、声をかけ、反転して走りだした。逃げたのである。

青島と対峙《たいじ》していた矢代は、池沢が逃げるのを目にすると、慌てて身を引いた。

そして、青島との間合が開くと、

「青島、勝負は後だ！」

叫びざま、反転して走りだした。

矢代は、池沢の後を追うように逃げていく。

近くにいた男たちも、矢代と池沢が逃げるのを目にすると、慌てて身を引き、ふたりの後を追って走りだした。

2

その場に残った敵は、想十郎の峰打ちで腹を打たれた男だけである。男は苦しげな呻き声をもらし、腹を押さえて蹲っている。

想十郎が男のそばに行くと、近くにいた青島が想十郎の脇に立った。青島も蹲っている男から、話を訊くつもりらしい。

「おまえの名は」

想十郎が訊いた。

男は戸惑うようにして想十郎の顔を見たが、

「源吉《げんきち》でさァ」

と、小声で名乗った。

「源吉、池沢たちが逃げた先は、どこだ」

想十郎が訊いた。

「………」

男は、想十郎から視線を逸《そ》らせて黙っていたが、

「親分の住む家でさァ」

と、小声で言った。一人だけ取り残され、隠す気力もなかったのかもしれない。

「長谷川町の稲荷《いなり》の近くにある家か」

想十郎は、訊いた。

源吉は驚いたような顔をして想十郎を見ると、

「そうでさァ」

と、小声で言った。想十郎が、親分の住家を知っていたからだろう。

「あの家には、子分たちも住んでいるのだな」

想十郎が、念を押すように訊いた。

「住んでやす」

「池沢と矢代は」

想十郎が、ふたりの名を出して訊いた。

「池沢の旦那《だんな》と矢代の旦那は、親分の家には住んでねえ。……よく来て、家にいるときが多いんですがね。住家は、別のところにあるようですぜ」

「ふたりの家は、どこだ」

想十郎が、声高に訊《き》いた。

「知らねえ。親分の家の近所にある借家と聞きやした。……ふたりとも、情婦《いろ》をかこっているので、親分の家には住めねえんでさァ」

そう言って、源吉が薄笑いを浮かべた。

「情婦か……」

想十郎は、そうつぶやき、

「源吉から、話を訊いてくれ」

と、青島に目をやって言った。

青島はいっとき無言のまま源吉に目をやっていたが、

「池沢は、前から源兵衛の子分だったのか」

と、小声で訊いた。

「二年ほど前からでさァ」

「二年な。……池沢は、どこで源兵衛と知り合ったのだ」

「詳しいことは知らねえが、池沢の旦那は、親分が貸元をしていた賭場《とば》に、出入りしていたようでさァ。その賭場で、博奕《ばくち》に負けた牢人《ろうにん》が暴れ出したとき、そばにいた池沢の旦那が、牢人を外に連れ出して斬り殺したと聞いてやす」

「それで、どうした」

青島が話の先をうながした。

「親分は、池沢の旦那の腕を見て、何かあったら手を貸してくれ、と言って、大金を渡したらしい。……それで、池沢の旦那は賭場に出入りするようになり、親分の用心棒になったんでさァ」

「そういうことか」

青島が口をつぐむと、

「矢代が、仲間になったのは、いつだ」

代わって、想十郎が訊いた。

「矢代の旦那があっしらの仲間になったのは、最近のことでしてね。池沢の旦那に誘われて賭場に出入りしているうちに、池沢の旦那と同じように親分の用心棒として、そばにいるようになったんでさァ」

「そうか」

想十郎は顔を厳しくして、源吉のそばから身を引いた。

すると、源吉が、

「あっしは、帰《けえ》してくだせえ」

と、青島と想十郎に目をむけて言った。

「親分の家に帰るのか」

想十郎が訊いた。

「……………」

源吉は、戸惑うような顔をして頷《うなず》いた。

「池沢たちは、おまえがおれたちに捕らえられたことを知っているぞ」

想十郎はそう言って、いっとき間を置いてから、

「おまえが、無事に帰ってきたのを知れば、池沢たちは、どう思う。……おれたちに、訊かれたことを話したので、逃がしてもらったと思うだろうな」

と、言い添えた。

「そうかも知れねえ」

源吉の顔に、困惑の色が浮いた。

「池沢たちは、仲間や親分のことを話したおまえをいままでどおり、仲間とはみる

まい。裏切り者と、みるだろうな」

「…………！」

源吉の顔から血の気が引き、「こ、殺される」と、声を震わせて言った。

「親分のところには帰らず、しばらく身を隠してるんだな」

想十郎が言った。

「そうしやす」

源吉は首をすくめ、上半身を折るようにして、その場にいた想十郎と青島に深く頭を下げた。

3

「忠七、一杯やるか」

想十郎が、忠七に声をかけた。

ふたりがいるのは、松崎屋の離れだった。

想十郎と青島は、門弟たちを襲った池沢たちと戦って追い返した後、逃げ遅れた源吉から話を訊いた。

その後、五日間、想十郎は忠七とふたりで道場に足を運んだが、池沢たちの動きはなく、門弟たちも無事に稽古《けいこ》に通うことができた。

それで、しばらく様子を見ようということになり、一昨日から、想十郎は道場に行かず、松崎屋の離れで過ごしたのだ。

今日の午後、忠七が松崎屋の離れに顔を出した。このところ、忠七は長屋にいることが多かったが、想十郎がどうしているか様子を見に来たという。

「まだ、昼を過ぎたばかりですぜ」

忠七が言った。

「なに、朝から飲んでいる日もあるのだ。……店の客も、飲んでるはずだぞ」

想十郎はそう言って、腰を上げた。板場に行き、おつたに、忠七が来たので酒を頼む、と伝えるつもりだった。

想十郎が板場に行くと、顔見知りの板前がいた。その板前に、酒を離れに運んでくれ、と頼んだ。

想十郎が離れにもどって、小半刻《こはんとき》（三十分）ほどすると、おつたと板前が姿を見せた。板前が酒の入っている大きな徳利を手にし、おつたが猪口《ちょこ》と肴《さかな》の入った小鉢を盆に載せて運んできた。

「何度も運ぶのは、面倒なので、この徳利にしました」

板前が言って、徳利を想十郎と忠七の膝先《ひざさき》に置いた。

「済まんな」

想十郎が目を細めて言った。

おつたが運んできた小鉢には、大根と油揚げの煮付けが入っていた。客に出すために、用意した肴であろう。

「おつた、いつも済まんな」

想十郎が、おつたに声をかけた。

「いいんですよ。このところ、流様が離れを留守にすることが多かったので、心配してたんですよ」

おつたが、想十郎に目をやって言った。口許《くちもと》に笑みが浮いている。

「ここ数日、道場は何事もなく、おれの出番がないのでな。しばらく、ここにいられそうだよ」

想十郎は酒と肴に目をやり、満足そうな顔をした。おつたの言うとおり、しばらく松崎屋から離れていたので、こうした酒肴《しゅこう》は久し振りである。

「ごゆっくり」

おつたが、想十郎と忠七に目をやって言い、板前につづいて離れから出ていった。

想十郎と忠七が、酒を飲み始めて半刻（一時間）ほど経ったろうか。

離れの戸口に近付いてくる慌ただしそうな足音がした。そして、足音は格子戸の前でとまり、

「流どの、いるか」

と、青島の声がした。

「いるぞ、入ってくれ」

想十郎が声をかけると、すぐに格子戸が開き、青島が土間に入ってきた。ひどく慌てている。

「おつたさんに、ここにいると聞いたので、来たのだ」

青島が慌てた様子で言った。

「ともかく、上がってくれ。酒があるぞ」

「酒を飲んでるわけには、いかないのだ」

青島は土間に立ったまま、座敷に上がろうとはしなかった。

「何があった」

想十郎が、訊《き》いた。

「門弟が、道場に来る途中襲われ、ふたり怪我をしたのだ」

青島が、声高に言った。

「襲ったのは、何者だ」

想十郎が立ち上がった。のんびり酒を飲んでいる場合ではない、と思ったのだ。

忠七は座したまま、驚いたような顔をして青島を見ている。

「池沢たちのようだ」

「怪我をしたふたりは、どこにいる」

「道場だ。一緒に来た門弟たちが、そばにいる」

青島は、すぐにも道場にもどりたいような素振りを見せた。

「酒は後だ！」

想十郎はそう言って立ち上がり、座敷の隅にあった刀を手にした。

忠七も立ち上がった。そして、想十郎につづいて土間に降り、戸口から外に出た。

想十郎、青島、忠七の三人は離れから出ると、浜町堀沿いの道に出て、高砂町にむかった。想十郎と忠七は何度も行き来した道である。そして、浜町堀にかかる高砂橋のたもとまで来ると、右手の通りに入った。

その通りを足早に歩き、蕎麦屋《そばや》の脇の道に入った。その道の先に、道場がある。

いっとき歩くと、前方に道場が見えてきた。ここまで来ると、普段なら道場から竹刀を打ち合う音や気合など聞こえてくるのだが、何も聞こえない。

想十郎たちが道場の近くまで来ると、男の話し声や床を歩く足音などがかすかに聞こえた。道場内に、何人か門弟がいるらしい。

道場の表戸が開いている場所まで来ると、

「入ってくれ」

青島が想十郎に声をかけた。

想十郎が、青島につづいて道場に入ろうとすると、

「あっしは、近所で聞き込んでみやす」

そう言って、忠七は戸口で足をとめた。忠七は、門弟たちのいる道場には、入りにくいようだ。

「そうしてくれ」

想十郎は、忠七に声をかけてから道場内に入った。

4

道場内には、五人の門弟がいた。そのうちのふたりが床に腰を下ろし、他の三人がふたりを取り囲むように立っている。いずれも、稽古着姿ではなく、小袖《こそで》に袴《はかま》姿《すがた》だった。

床に腰を下ろしているふたりは、右袖の二の腕辺りを左手で押さえていた。袖が裂け、黒ずんだ血に染まっている。

もうひとりは、小袖が肩から背にかけて裂けていた。やはり、小袖が血に染まっている。

青島と想十郎が近付くと、三人の門弟がすこし身を引いた。青島と想十郎のために、場所を空けたらしい。

想十郎は、傷を負っているふたりに目をやり、

……それほどの深手では、ない。

と、見てとった。ふたりとも、命にかかわるような傷ではなかった。それに、傷口からの出血も、とまっているようだ。

「流どのに話すのは、明日でもよかったのだがな。……今日のうちに相談し、今後どうするか、門弟たちにも話しておきたかった。それで、怪我をしたふたりと一緒にいた三人にも、ここに残ってもらったのだ」

青島が言うと、その場にいた門弟たちがちいさく頷《うなず》いた。

「襲われたときの様子が、訊きたいのだが」

想十郎が言った。

「まず、生島《いくしま》と田代《たしろ》のふたりから、話してくれ」

青島が、床に腰を下ろしているふたりに目をやって言った。

「それがしと田代は、稽古《けいこ》を終えて道場を出ると、家に帰るために蕎麦屋の近くまで来たのです。すると、通り沿いの家の脇から、男が七人飛び出してきました。……前に立ったのが、池沢と矢代です」

生島が言った。顔に恐怖の色があった。そのときのことを思い出したのだろう。

「他の五人は」

青島が訊いた。

「いずれも遊び人ふうの男です。名は知りません。五人はそれがしと田代を取り囲むように立ちました。五人はそれぞれ匕首《あいくち》や長脇差《わきざし》を手にしていました」

「それで、どうした」

青島が話の先をうながした。

「木島道場をやめる気があるか、と池沢に訊かれましたので、ない、とはっきり言ったのです」

生島が昂《たかぶ》った声で言った。

「すると、すこし痛い目に遭わせないと駄目か、と池沢が言って、いきなり刀を抜いたのです。……それがしと田代は、その場から逃げようとして、咄嗟《とっさ》に身を引きました」

生島が、つづけて話したところによると、池沢は踏み込みざま手にした刀で、まず田代の右腕を斬ったという。

「池沢は返す刀で、それがしの右腕も斬りました。池沢の動きが速く、逃げる間がありませんでした」

生島の声には、昂った響きがあった。そのときのことを思い出したのだろう。

「それだけで、池沢たちは身を引いたのか」

青島が訊いた。

「いいえ、道場に帰って、他の門弟たちに話せと言われました」

「何を話せ、と言われたのだ」

「そ、それは……」

生島は声をつまらせたが、

「道場をやなめなければ、痛い目にあわす、と……」

そう、小声で言い添えた。

「い、池沢め、この道場の門弟だったことがあるのに、何という仕打ちだ」

青島の声が、強い怒りに震えた。

次に口を開く者がなく、道場内が重苦しい沈黙につつまれたとき、

「池沢や矢代に勝手な真似はさせぬ。……あやつらの頭《かしら》は、やくざの親分の源兵衛という男だ。池沢と矢代は、やくざの子分になって、道場の門弟に手を出しているのだぞ。そんなやつの言いなりには、ならぬ」

珍しく、想十郎が顔を怒りに染めて言った。

すると、その場にいた生島が、

「道場はやめません」

と、きっぱりと言った。

つづいて、他の四人の門弟も、道場はやめない、と語気を強くして言った。

「おれたちも、池沢や源兵衛たちをこのままにしておくつもりはない。すでに、池沢や源兵衛の居所を摑《つか》んでいるので、何か手を打てるはずだ」

想十郎が、門弟たちに目をやって言った。

「池沢たちを、このまにしてはおかぬ」

青島が言い添えた。

門弟たちの顔から恐れや不安が拭《ぬぐ》い取られ、想十郎と青島にむけられた目には、強いひかりが宿っている。

生島と田代は傷を負っていたが、足腰は無傷だったので歩くことはできた。

想十郎と青島は、五人の門弟をそれぞれの屋敷の近くまで送ると、いったん道場にもどった。帰りの途中、忠七も一緒になり、道場内に入った。入るのを嫌がっていた忠七も、想十郎から、道場には誰もいないので、三人で一杯やろう、と言われ、その気になったようだ。

想十郎、青島、忠七の三人は、誰もいない道場のなかほどに腰を下ろした。三人の前には、酒の入った貧乏徳利が置いてあった。想十郎と青島は気晴らしに道場にもどって一杯やるために、門弟たちを送った帰りに酒屋で買ってきたのだ。

その夜、想十郎と忠七はそれぞれの塒《ねぐら》には帰らず、酒を飲みながら道場内で夜を過ごした。

5

想十郎、青島、忠七の三人は、深夜になってから正面の師範座所に横になって眠った。

三人が目を覚ましたのは、明け六ツ（午前六時）をだいぶ過ぎてからだった。道場の側面の板張の隙間から、陽の光が幾筋も差し込んでいる。

「朝餉《あさげ》はどうする」

想十郎が訊《き》いた。

「母屋にいるおきくどのに頼んできてもいいが、もう朝飯は炊いた後だろうな」

青島が言った。おきくは道場主の木島の妻女で、体の不自由な木島の面倒を見ているのだ。

「おきくどのの手を煩わせることはできん。……どうだ、表通りに出て、一膳《いちぜん》めし屋か蕎麦屋にでも立ち寄って、腹拵《はらごしら》えをしてこないか」

想十郎が言った。

「それがいい」

青島はそう言った後、「朝から、酒は御免だ」と苦笑いを浮かべて言った。

想十郎たちは道場を後にし、表通りに出た。そして、一膳めし屋があるのを目にすると、

「あの店はどうだ」

と、青島が指差して言った。

店先に暖簾《のれん》が出ていた、店をひらいているようだ。

「あの店にしよう」

想十郎は腹が空《す》いていたので、早く食べたかった。

想十郎たちは一膳めし屋に入ると、めしと菜《さい》だけを頼んだ。食べた後、道場にもどるので、酒を飲むわけにはいかなかったのだ。

めしと菜がとどくと、想十郎たちはすぐに食べ始めた。腹が空いていたので、旨《うま》かった。

想十郎たちは食べ終えた後、茶を飲んだだけで店を出た。

「どうする」

想十郎が青島に訊いた。

「道場にもどるつもりだ。そろそろ、門弟たちが来るころだ」

青島が言い、想十郎たちは道場に足をむけた。

想十郎たちは道場の前まで来たが、道場内はひっそりとして人声も床を踏む音も聞こえなかった。

「まだ、来てないようだ」

そう言って、青島は道場の表戸の一枚だけを開けてなかに入った。想十郎と忠七がつづいた。忠七も、道場内に門弟たちはいないとみて、遠慮しなかったようだ。

道場内はがらんとして、人のいる気配はなかった。

「誰もいない」

想十郎が言った。

「そろそろ来てもいいころだがな」

青島が戸惑うような顔をした。

「何かあったかな」

想十郎の顔に、憂慮の色が浮いた。忠七は黙ったまま想十郎の脇に立っている。

それから小《こ》半刻《はんとき》（三十分）ほど経ったろうか。戸口に近付く足音がし、男の話し声が聞こえた。

「門弟たちが、来たようだ」

青島が戸口に足をむけた。想十郎と忠七は道場の隅に立って、青島に目をやっている。

青島は板戸を開けて、戸口に出た。

想十郎たちのいる場から、青島の姿が見えなくなったが、話し声が聞こえた。青島が二、三人の門弟と話しているようだ。

いっときすると、開いたままになっていた道場の板戸の間から、青島と三人の門弟が姿を見せた。

三人の門弟は、道場内に想十郎と忠七のふたりしかいないのを見て、驚いたような顔をした。

「今日は、道場に来るのが遅いようだ」

青島が、三人の門弟に言った。

三人の門弟は戸惑うような顔したが、着替えの間に入った。

「あっしは、外で見張ってやす」

忠七はそう言い残し、道場から出ていった。稽古《けいこ》が始まると、道場内に忠七の居場所がないのだ。

三人につづいて、新たにふたりの門弟が姿を見せた。ふたりも、すぐに着替えの間に入った。

「おれは、源兵衛の様子を探ってくる」

想十郎は、青島に声をかけてから道場を出た。道場にとどまっても、やることがないのだ。稽古に来た門弟たちが多ければ、剣術を指南してもいいが、姿を見せた門弟が五人だけでは、青島の指南の邪魔になるだけだろう。

想十郎が道場を出て通りの先に目をやると、忠七の姿があった。忠七は通りすがりの男から何か話を訊いているようだ。

想十郎が忠七に近付くと、忠七は話を訊いていた男に、

「手間を取らせたな」

と、声をかけ、想十郎のそばに来た。

男は想十郎に目をむけたが、首を傾げただけで足早に遠ざかっていった。想十郎を初めて見たのだろう。

「忠七、何か知れたか」

想十郎が訊いた。

「ちかごろ道場を探っている男を見掛けなかったか、訊いてみたんでさァ」

忠七が言った。

「それで、探っていた男がいたのか」

「へい、今、話を訊いた男は、昨日、遊び人ふうの男に道場のことを訊かれたと言ってやした」

「どんなことを、訊かれたのだ」

想十郎は、道場のことを訊いた男は、源兵衛の子分ではないかと思った。

「道場主は病で寝たままだと聞いたが、門弟たちを指南しているのは、師範代ひとりか、訊いたそうで」

忠七が言った。

「それで、訊かれた男は、どう答えた」

「近ごろ、師範代だけなく、別の武士が道場に来ているので、その武士も門弟たちに指南しているらしい、と話したそうでさァ。別の武士とは、流の旦那《だんな》のことですぜ」

忠七が、想十郎に目をやって言った。

「そうらしいな」

想十郎が苦笑いを浮かべた。

「旦那、どうしやす」

忠七が訊いた。

「そうだな。道場にもどっても、おれのやることはないし……。どうだ、これからふたりで、長谷川町に行ってみないか」

想十郎が言った。

「源兵衛の塒《ねぐら》を探るんですかい」

忠七が目を光らせた。

「そのつもりだ」

想十郎は、源兵衛の子分たちに知れないように探ってみようと思った。大勢の子分に襲われると、忠七とふたりだけでは太刀打ちできない。

「行きやしょう」

そう言って、忠七が先にたった。やる気になっている。

6

想十郎と忠七は、高砂町から源兵衛の住家《すみか》のある長谷川町にむかった。そして、通り沿いにある稲荷《いなり》の前まで来ると、前方に二階建ての大きな家が見えた。源兵衛の住む家である。

想十郎と忠七は、源兵衛の家の前までは行かず、稲荷の脇で足をとめた。迂《う》闊《かつ》に源兵衛の家に近付き、子分たちに知れると襲われると思ったのだ。相手が二、三人なら何とかなるが、大勢だと遅れをとるだろう。それに、池沢と矢代が加わっていれば、太刀打ちできない。

「近所で訊《き》いてみやすか」

忠七が言った。

「いや、話の訊けそうな子分が出て来るのを待とう。源兵衛の家を離れてから子分を押さえれば、他の子分に、知れずに済む」

「分かりやした」

忠七が、小声で言った。

ふたりは稲荷の脇で待ち合わせているような振りをして、話の訊けそうな子分が出てくるのを待った。

ふたりがその場に立って、半刻（一時間）ほど経ったろうか。源兵衛の家から遊び人ふう男がふたり出てきた。

「出てきやした」

忠七が、声をひそめて言った。

「ふたりだと、まずいな」

想十郎は、ふたり捕らえるのは難しいと思った。それに、話を訊くのはひとりで十分である。

ふたりの男は家の戸口で何やら言葉を交し、左右に分かれた。小柄な男がひとりだけ、こちらに歩いてくる。もうひとりは、反対方向に遠ざかっていく。

「ひとりだけ、来やした！」

忠七が、意気込んで言った。

「都合がいいな」

そう言って、想十郎は稲荷の脇に身を隠した。忠七も想十郎の脇に来て、近付いてくる男に目をやった。

男はひとりで、想十郎たちが身を隠している稲荷の前まで来た。

忠七が飛び出そうとすると、

「待て！」

想十郎が声を殺して言い、忠七の肩に手をかけてとめた。この場で騒ぎになったら、源兵衛の家にいる者たちに気付かれる。池沢や子分たちが大勢駆け付けたら、想十郎と忠七だけでは太刀打ちできないだろう。

　想十郎と忠七は、男が通り過ぎるのを待って跡をつけた。そして、男が稲荷から半町ほど離れたところまで来ると、

「忠七、やつの脇を通って、前にまわってくれ。やつの足をとめるだけでいいぞ。おれが、後ろから仕留める」

　想十郎が言った。

「任せてくだせえ」

　忠七は小走りに、前を行く男の後を追った。

　想十郎もすこし足を速めて、男との間をつめた。

　忠七は男の脇を通って前に出ると、すこし離れてから足をとめた。そして、反転し、ゆっくりとした歩調で男に近付いてきた。

　ふいに、男が足をとめた。前から来る忠七を見て、ただの通行人ではないと思ったようだ。

　そのとき、想十郎は小走りになって男に迫っていた。

　男が振り返った。後ろから近付いてくる想十郎の足音を耳にしたらしい。

「て、てめえは、道場にいたやつか！」

男は、声をつまらせて言った。想十郎を目にしたことがあるようだ。

想十郎は、無言のまま右手を刀の柄《つか》に添えて男に近付いた。

「挟み撃ちか！」

男は逃げ場を探すように周囲に目をやったが、その場から動かず、懐に手をつっ込んで匕首《あいくち》を取り出した。逃げ場がなく、想十郎たちに歯向かうつもりらしい。

想十郎は足を速めて男に迫ると、刀身を峰に返した。峰打ちで仕留めるつもりだった。

男は匕首を前に突き出すように構え、

「そこをどけ！」

と、叫んだ。逃げるつもりらしい。

想十郎が素早い動きで、踏み込んだ。そして、青眼《せいがん》に構えていた刀身を下げて脇に切っ先をむけた。隙を見せたのである。

「殺してやる！」

男は叫び、匕首を前に突き出すように構えて踏み込んできた。

すかさず、想十郎は右手に体《たい》を寄せざま刀身を横に払った。一瞬の太刀《たち》捌《さば》きである。

男の匕首は、想十郎の左袖《そで》をかすめて空を突き、想十郎の刀身は、男の腹を強打した。

男は手にした匕首を落とし、苦しげな呻《うめ》き声を上げてよろめいた。そして、足がとまると、その場に蹲《うずくま》った。

想十郎は納刀し、忠七に目をやると、

「忠七、手を貸してくれ。この男を、そこの椿の陰まで連れていく」

そう言って、通り沿いに植えられた椿を指差した。それほど太い木ではなかったが、根元近くから枝葉を茂らせているので、身を隠すことができる。

想十郎と忠七は、男を椿の樹陰に連れ込むと、

「名は」

と、想十郎が訊いた。

男は戸惑うような顔をして口を閉じていたが、

「……弥助《やすけ》でさァ」

と、名乗った。いまさら、名を隠しても仕方がないと思ったようだ。

「弥助、いま出てきたのは、親分の源兵衛の家だな」

想十郎が訊いた。

弥助は戸惑うような顔をして想十郎を見たが、

「そうでさァ」

と、小声で言った。

「源兵衛は家にいるのか」

さらに、想十郎が訊いた。

「いやす」

弥助は、隠さなかった。親分の家と分かっているので、隠すことはないと思ったのだろう。

「源兵衛は、家にいることが多いのか」

「いねえときが、多いんでさァ」

弥助が言った。

「いないときは、何処に出かけているのだ」

「情婦《いろ》のところでさァ」

「おふくという情婦のところか」

想十郎は、源兵衛がおふくという情婦をかこっていることを知っていた。おふくがいるのは、堀江町一丁目にある美園という小料理屋だとも聞いていた。

「よく、ご存知で」

弥助が首をすくめて言った。

「ところで、池沢と矢代も親分の家にいるのか」

想十郎は、ふたりの武士の名を出して訊いた。

弥助はいっとき口をつぐんでいたが、

「今日はいやすが、いねえときもあるんでさァ」

と、話した。

「いないときは、どこにいるのだ」

「詳しいことは知らねえが、情婦《いろ》のところかもしれねえ」

「ふたりの情婦のいるところを知っているのか」

「…………」

弥助は無言で首を横に振った。知らないらしい。

想十郎はそばにいた忠七に、

「何か訊くことがあったら、訊いてくれ」

と、声をかけた。

「ふだん、あの家に、子分たちは何人ぐれえ寝泊まりしてるんだい」

忠七が訊いた。

「七、八人でさァ」

弥助が言った。

「七、八人か。……それに、池沢と矢代もいることが多いんだな」

「そうでさァ」

「踏み込むのは、難しいな」

忠七がつぶやいた。

するといた、脇にいた想十郎が、

「源兵衛を狙うなら、情婦のところに行ったときだな」

と、忠七に目をやって言った。

7

「あっしを、帰してくだせえ。知ってることは、みんな話しやした」

弥助が想十郎と忠七に目をやって言った。

「帰してもいいが、死にたいのか」

想十郎が言った。

「…………！」

弥助が息を呑《の》んで、想十郎を見た。

「おまえが、おれたちに親分のことや仲間のことを話したことは、すぐに知れるぞ。……親分や仲間は、おまえを快く迎えてくれるか」

「こ、殺される！」

弥助の顔から血の気が引いた。

「ほとぼりが冷めるまで、身を隠しているところがあるか」

想十郎が訊いた。

弥助は身を硬くしたまま黙っていたが、

「しばらく、左官の親分の世話になりやす」

と、小声で言った。

弥助によると、十六のときまで本所《ほんじょ》に住む左官の親分の許《もと》で働いていたという。ところが、暑い日も寒い日も外で働く厳しい仕事に耐えられず、親分の許から飛び出して遊び人たちの仲間に加わったという。

「そうか」

想十郎は、その場で弥助を放免した。弥助は源兵衛親分の許には帰らないとみたし、万一帰ったとしても、想十郎たちのことは口にしないだろう。弥助にすれば、想十郎たちにつかまり、仲間や親分のことを話したことを知られたくないはずだ。知れれば、弥助は殺されるだろう。

弥助の姿が遠ざかると、

「これから、どうしやす」

と、忠七が想十郎に訊いた。

「せっかくここまで、来たのだ。堀江町まで、足を延ばすか」

「源兵衛の情婦の店ですかい」

忠七が身を乗り出して訊いた。

「そうだ。今日は、店を見ておくだけだ。親分の源兵衛は、長谷川町の家にいることが分かっているからな」

「堀江町は、ここから遠くねえ」

忠七が言った。

想十郎と忠七は、稲荷《いなり》の前の道を西にむかった。そして、入堀に突き当たると、堀沿いの道を北に歩き、堀にかかる橋を渡った。渡った先が堀江町一丁目である。

「小料理屋の名は、美園だったな」

想十郎が訊いた。

「洒落《しゃれ》た名だ」

忠七が薄笑いを浮かべて言った。

想十郎と忠七は、通り沿いの店を見ながら歩いた。道沿いには、料理屋、蕎麦屋、一膳《いちぜん》めし屋など飲み食いできる店が目についた。

「美園は小料理屋だったな」

想十郎が念を押すように言った。

「こう店が並んでると、捜すのが面倒だな。……近所の者に訊いた方が早《はえ》え」

そう言って、忠七は通り沿いの店に目をやり、

「あそこに、料理屋がありやす。あっしが訊いてきやしょう」

すぐにその場を離れ、通りの先にむかった。

店の戸口の掛看板に、「御料理　ふくや」と書いてあった。ふくやという名の店である。

忠七はふくやの入口の格子戸をあけ、店に入った。

いっときすると、忠七が店から出てきて、想十郎の許に小走りにもどってきた。

「知れたか」

すぐに、想十郎が訊いた。

「知れやした。この道を二町ほど歩くと、一膳めし屋があるそうでさァ。その店の脇の道に入《へえ》ると、すぐ美園があるそうで」

「行ってみよう」

想十郎と忠七は、堀沿いの道を北にむかった。

二町ほど歩くと、通り沿いに一膳めし屋があった。盛っている店らしく、店のなかから男たちの談笑の声が聞こえた。

「そこに、道がありやす」

忠七が、一膳めし屋の脇の道を指差して言った。

想十郎と忠七は、脇道に入った。その道沿いにも飲み食いできる店が多かった。ただ、蕎麦屋、小料理屋、居酒屋などの小体《こてい》な店が目についた。

「そこに一膳めし屋がありやす」

忠七が前方を指差した。

見ると、一膳めし屋の先に、小料理屋らしい店があった。

「あれが、美園だな」

想十郎が言った。

想十郎と忠七は、一膳めし屋の前を通って、小料理屋らしい店の前まで行った。

「ここが美園に違えねえ」

忠七が、店の戸口を指差して言った。

ただ、看板が出ていなかったので、美園と決め付けられない。

「念のため、近所で訊《き》いてみるか」

そう言って、想十郎が通り沿いに目をやった。

道沿いの店の五軒ほど先に八百屋があり、店先に親爺《おやじ》らしい男がいた。台の上の大根を並べ替えている。

「あっしが、訊いてきやす」

忠七は小走りに八百屋にむかった。

忠七は店のお親爺と何やら話していたが、いっときすると踵《きびす》を返し、想十郎のそばにもどってきた。

「美園に間違いないか」

想十郎が訊いた。

「間違《まちげ》えねえ」

忠七はそう言った後、八百屋の親爺が、女将《おかみ》の名をおふくと口にしたことを話した。

「間違いない。源兵衛の情婦の名は、おふくと聞いている」

想十郎が言った。

「どうしやす。近所で聞き込んでみやすか」

「せっかく来たのだ。源兵衛のことを訊いてみるか」

想十郎と忠七は、その場で分かれ、半刻《はんとき》（一時間）ほどしたら、もどることにした。

ひとりになった想十郎は、目にとまった八百屋、豆腐屋、おでん屋などに立ち寄って話を訊いたが、新たなことは分からなかった。

想十郎が分かれた場にもどると、忠七が待っていた。

「どうだ、何か知れたか」

想十郎が訊いた。

「分かったのは、源兵衛らしい男が美園に顔を出すことがあることぐらいでさァ」

忠七が言った。

「そうか。おれも、新たなことはつかめなかった」

想十郎ががっかりしたように肩を落とした。

「旦那《だんな》、せっかく来たんだ。一杯やって帰りやすか」

「だ、駄目だ！　ここで、一杯やったら、道場にも松崎屋にも帰れなくなる」

想十郎が慌てて言った。

第四章　人　質

1

「どうだ、すこし汗を流すか」

青島が想十郎に言った。

「いいだろう。久し振りに、稽古《けいこ》をするか。……ただ、竹刀でなく、木刀がいいな」

そう言って、想十郎は手にした木刀を一振りした。

想十郎と青島がいるのは、道場だった。門弟たちが帰った後である。想十郎も青島も、門弟たちの稽古を見るばかりで、自分たちが稽古をすることは滅多になかった。

それで、想十郎は、青島に、稽古をやるか、と声をかけられると、すぐにその気になったのだ。

青島と想十郎は、木刀を手にして対峙《たいじ》した。ふたりは防具を身につけていないし、打ち合うのは竹刀でもなかった。そのため、打ち込んだ木刀を手の内を絞ってとめなければならない。

「いくぞ！」

想十郎は、木刀を八相《はっそう》に構えた。

対する青島は、青眼《せいがん》である。ふたりは、間合を二間半ほどもとっていた。稽古としては遠間だが、木刀を手にしていたので、真剣勝負と変らぬ間合をとったのである。

想十郎が八相に構えたまま、タアッ！　と鋭い気合を発し、踏み込んで、木刀を袈裟《けさ》に振り下ろした。

オオッ！　と、青島は気合を発し、木刀を逆袈裟に撥《は》ね上げた。

袈裟と逆袈裟——。

カッ、という音が響き、ふたりの木刀が跳ね返った。

ふたりは、一歩身を引きざま二の太刀をはなった。一瞬の太刀《たち》捌《さば》きである。

想十郎は相手の籠手《こて》を狙って突き込むように木刀をふるい、青島は木刀を袈裟に払った。

想十郎の木刀の先は、青島の右手をとらえた。ただ、右の前腕を打つ前に、手の内を絞って木刀をとめている。

一方、青島の木刀の先は、想十郎の肩先をかすめて空を切った。

ふたりは、ふたたび間合を広くとって対峙した。

「一本、籠手をもらった」

青島が言った。

「いや、すこし浅かった」

想十郎は、ふたたび八相に構えた。

青島は青眼である。

ふたりの稽古が、小半刻（三十分）ほどつづいたろうか。道場の表戸が開き、菊《きく》田《た》という門弟が飛び込んできた。

青島が想十郎から身を引き、

「どうした、菊田！」

と、声高に訊《き》いた。

想十郎も木刀を下ろし、菊田に目をやった。

「た、大変です！　道場からの帰りに襲われ、佐野《さの》と島倉《しまくら》どのが、池沢たちにつかまりました」

菊田が声を震わせて言った。

「何！　佐野と島倉が、つかまっただと」

青島が菊田に近付き、

「つかまったふたりは、どうした」

と、訊いた。佐野と島倉、それに菊田の三人は、いっしょに道場を出たのだ。

「分かりません。……ただ、池沢たちは、その場にいるはずです」

「池沢たちは、いるのか」

想十郎が訊いた。

「はい！　青島さまたちに、話しておくことがあると言っていました」

「すぐ、行く！　菊田、その場に連れてってくれ」

青島が言い、道場の戸口に足をむけた。

想十郎も青島とともに、道場を出た。

先にたった菊田は、道場を出ていっとき走ったところで足をとめ、

「あ、あそこです」

と声をつまらせて言い、前方を指差した。

一町ほど先に、男たちが集まっていた。六、七人いるだろうか。遠方ではっきりしないが、道場を出た佐野と島倉の姿はないようだ。

「池沢と矢代がいる！」

青島が指差した。

集まっている男たちのなかに、池沢と矢代の姿があった。

想十郎たちが近付くと、池沢と矢代が集まっている男たちの前に出てきた。遊び人ふうの男が、五人いる。遊び人ふうの男たちは、源兵衛の子分であろう。

「池沢、佐野と島倉は、どうした」

青島が訊いた。池沢と矢代を睨《にら》むように見据えている。

「ふたりは、おれたちが預かった」

池沢が、言った。

「なに！　預かっているだと。ふたりをどうする気だ」

青島の語気が、荒くなった。

「おぬしたち次第だ。……おれたちに手を出すと、ふたりの命はないぞ」

池沢が、青島を見据えて言った。

「うぬ……」

青島は顔をしかめた。

「それだけではない。道場を明け渡してもらう。すぐにとは言わぬ。時間をやるから、門弟たちに話すんだな」

「道場を明け渡せだと！　そんなことができるか。……池沢、道場主はおれではないと、承知しているはずだぞ」

青島が言った。

「承知している。道場主は病で伏せっていることもな。……だが、おぬしが、道場を明け渡すしかないと道場主に言えば、承知するはずだ。他に方法はないからな」

池沢がそう言って、勝ち誇ったような顔をした。

「おのれ！」

青島は憤怒《ふんぬ》に顔を染めたが、次の言葉が出なかった。

そのとき、青島の脇で話を聞いていた想十郎が、

「どうだ、一月ほど猶予をくれんか。病人もいるし、通ってくる門弟たちもいる。

すぐに、道場を引き渡せと言われても無理だ」

と、口を挟んだ。

すると、池沢は想十郎に目をやり、

「おぬしは、話が分かるようだ。いいだろう。一月ほど待ってやる。その間に、門弟たちにも話すんだな」

と、口許に薄笑いを浮かべて言った。

「連れ去った佐野と島倉は、返してもらうぞ。返さなければ、道場を引き渡す話は、なかったことにする」

想十郎が語気を強くして言った。

「近いうちに、ふたりは返してやる」

池沢はそう言うと、踵《きびす》を返した。

その場にいた矢代や源兵衛の子分たちも池沢につづいて、その場を離れた。

池沢たちの姿が遠ざかったとき、

「佐野と島倉を返すかな」

と、青島が心配そうな顔をして言った。

「心配するな。……おれたちが、佐野と島倉を助け出す。一月ほどの間にな」

想十郎が、門弟たちに目をやって言った。

2

想十郎、青島、忠七の三人は、菊田たちとその場で別れ、いったん道場にもどった。

想十郎たちが道場の師範座所の前に、腰を下ろすと、

「佐野と島倉を助け出すと言ったが、どうするつもりだ」

青島が、想十郎と忠七に目をやって訊いた。

「まず、ふたりが何処に監禁されているか、つかまねばならん」

想十郎が言った。

「何か、いい手はあるか」

青島が訊いた。

「監禁場所は、源兵衛の子分をつかまえて訊けば分かるはずだ。……源兵衛の住家《すみか》は知っている。池沢も子分たちも住家に出入りしているので、見張れば、子分を捕らえる機会があるだろう」

「長谷川町だな」

「そうだ。明日にも、長谷川町に行ってみる」

「おれも行く」

青島が、身を乗り出して言った。

「道場の稽古《けいこ》は、どうする」

想十郎が訊いた。

「門弟たちには、おれから話しておく。佐野と島倉を助け出すまで、しばらく稽古は休むことにする」

「そうか」

想十郎がうなずいた。青島は余程のことがなければ、稽古を休まなかったが、佐野たちを助け出すまで休むという。それだけ、青島は、佐野と島倉を無事に助け出したいのであろう。

「明朝、ここに顔を出す」

そう言って、想十郎は腰を上げた。今日は松崎屋の離れにもどり、明朝、道場に顔を出すつもりだった。

その日、想十郎は松崎屋の離れにもどると、いつもより早く寝間に横になった。

明朝、想十郎は暗いうちに目を覚まし、昨夜のうちにおつたに話しておいた朝餉《あさげ》を食べた。そして、離れから出ようとしていたところに、忠七が顔を出した。

「旦那《だんな》、朝餉は？」

忠七が訊《き》いた。

「おれは食べたが、忠七は」

「あっしも、食べてきやした」

「それなら、すぐに道場に行こう」

想十郎は、忠七と一緒に離れの戸口から出た。

明け六ツ（午前六時）を、すこし過ぎたころである。陽が東の家並の向こうに顔を出し、家々を輝くような陽射しで照らしていた。

想十郎と忠七が道場に着くと、青島が待っていた。

想十郎は道場内には入らず、顔を出した青島に、

「このまま、長谷川町に行こう」

と、声をかけた。門弟たちの稽古は、しばらく休むことになっていたので、道場を出られるはずだ。

想十郎、忠七、青島の三人は道場を後にすると、源兵衛の住む家のある長谷川町

にむかった。

想十郎たちは長谷川町に入って間もなく、通り沿いにある稲荷《いなり》のそばに植えられた椿と樫《かし》の樹陰に身を隠した。そこは、以前身を隠して源兵衛の住む家を見張った場所である。

「あの二階建ての家が、源兵衛の隠れ家だ」

そう言って、想十郎が、道沿いにある二階建ての家を指差した。

隠れ家は、以前見たときと変らなかった。その場からでも、かすかに男たちの話し声や笑い声などが聞こえた。おそらく、声の主は子分たちであろう。

「どうする」

青島が訊いた。

「ともかく、佐野と島倉が、監禁されている場所を知りたい。そこの家のどこかに閉じ込められていると思うが……」

想十郎はそう言ったが、語尾を濁した。佐野たちが、源兵衛の家に監禁されている自信がなかったからだ。

「家に踏み込むか」

青島が身を乗り出して言った。

「駄目だ。下手に踏み込むと、佐野たちを助け出すどころか、おれたちが返り討ちに遭うぞ。あの家には源兵衛と子分たち、それに池沢と矢代もいるはずだ。人質に取られている佐野と島倉を楯《たて》にでもされたら、手を出すこともできない」

想十郎が、青島に目をやって言った

「そうだな」

青島も、このまま隠れ家に踏み込むのは無理だと思ったようだ。

それから、小《こ》半刻《はんとき》（三十分）ほどしたとき、源兵衛たちのいる家に目をやっていた忠七が、

「男がひとり、出てきやした！」

と、身を乗り出して言った。

見ると、家の戸口から男がひとり、通りに出てきた。肩を振るようにして、こちらに歩いてくる。

「やつを捕らえよう」

想十郎が、「おれが、やつの後ろにまわる」と小声で言い添えた。

想十郎たち三人は、男が近付くのを待った。そして、男が稲荷のそばまで来たとき、想十郎、青島、忠七の三人が一緒に飛び出した。

想十郎は男の前に、青島は背後に、忠七は脇に――。

三人は、男を取り囲むように立った。腕に自信のない忠七だけは、男から大きく間を取っている。

男はギョッとしたように、その場に立ち竦《すく》み、逃げようともしなかった。もっとも、男は想十郎たちに取り囲まれて逃げる場がなかったのだ。

想十郎は刀を抜き、切っ先を男の喉元《のどもと》に突き付けて、

「一緒に来い！　逃げようとすれば、首を一突きだぞ」

と、低い声で言った。

3

想十郎たち三人は、男を通り沿いに植えられた椿の陰に連れていった。そこは、以前、今日と同じように源兵衛の子分を連れ込んで話を訊いた場所である。

想十郎は男の両腕を後ろにとって縛った後、

「ここはな。以前、おまえと同じように、源兵衛の子分だった男を捕らえて、話を訊いたところだ。……その男は隠さず話したので、逃がしてやったよ。源兵衛たち

に気付かれないように遠くにな」

　そう言って、あらためて男に目をやり、

「名は」

　と、訊いた。

　男はいっとき困惑したような顔をして口を閉じていたが、

「へ、平十《へいじゅう》でさァ」

　と、小声で名乗った。

「平十か」

　想十郎はそう言った後、

「家に親分の源兵衛はいるのか」

　と、核心から訊いた。

　平十は想十郎を上目遣いに見た後、

「いやす」

　と、隠さずに口にした。すでに、仲間が隠さず話していると聞いて、隠しても仕方がないと思ったのだろう。

「源兵衛のいる部屋は、あの家のどこにあるのだ」

想十郎は、家に踏み込んだときのために訊いたのだ。

「二階の奥の部屋でさァ」

「そうか」

想十郎はいっとき間を置いた後、

「道場の門弟をふたり連れていったはずだが、そのふたりはどこにいる」

と、語気を強くして訊いた。

そばにいた青島と忠七も、身を乗り出して平十に目をむけた。こうして、源兵衛の子分から話を訊く目的は、捕らえられたふたりの門弟の監禁場所をつき止めるためである。

「家の裏手の離れでさァ」

平十によると、離れといっても部屋が一間あるだけの狭い家で、いまは住む者はいないという。

「家の脇から、まわれるのか」

想十郎が訊いた。

「まわれやす」

「離れには、見張りがいるのか」

「いやす。子分が交替で、離れを見張ることになってやす」

「そうか」

想十郎はいっとき口をつぐんでいたが、

「何か、あったら訊《き》いてくれ」

と、青島と忠七に目をやって言った。

「そこの家には、武士がふたりにいるな。名は池沢と矢代だ」

青島が念を押すように訊いた。

「いやす」

「池沢と矢代は、あの家から出てくるようなことはないのか」

青島が訊いた。

「池沢の旦那《だんな》のことは知らねえが、矢代の旦那は情婦《いろ》がいて、そこへ出かけることがありやす」

平十が小声で言った。

「情婦の名は」

「おれんと聞いてやす」

「おれんは、どこにいるのだ」

青島が身を乗り出して訊いた。

「久松町と聞いてやす」

平十が言った。久松町は、浜町堀にかかる栄橋の東側に広がる町である。

「久松町のどこだ」

「栄橋の近くの借家だと聞いてやす」

「そうか」

青島は、平十の前から身を引いた。それだけ聞けば、矢代の情婦のいる家はつきとめられると踏んだらしい。

次に平十から話を訊く者がなく、その場が沈黙につつまれたとき、

「平十、しばらく身を隠すところはあるか」

想十郎が訊いた。

「…………」

青島が、戸惑うような顔をして想十郎を見た。

「前に話を訊いた弥助もそうしたが、しばらく長谷川町から姿を消したのだ。おれたちに、親分たちのことを話したのが知れれば、殺されるとみてな」

想十郎が言った。

すると、平十は息を呑《の》んで想十郎を見た。

「平十、おまえはどうする」

想十郎が訊いた。

「お、おれも、親分の家にはもどれねえ」

平十が声をつまらせて言った。

「弥助と同じように、どこかに身を隠すところはあるか」

「遠いが、深川《ふかがわ》の熊井町《くまいちょう》に兄貴がいやす」

平十によると、兄貴は熊井町で下駄《げた》屋をやっているという。

「あっしには、下駄屋の手伝いはできねえが、兄貴のところに草鞋《わらじ》を脱がせてもらって、口入れ屋にでも行って、仕事を探しやす」

平十が神妙な顔をして言った。

口入れ屋は仕事を雇う側と雇われる側の間にたって世話をし、双方から金銭をとって生計を立てている。

「平十、命が惜しかったら、親分の家にはもどらず、このまま熊井町に行くのだな」

想十郎が念を押すように言った。

「そうしやす」

平十は想十郎たちに頭を下げると、小走りにその場から離れていった。

4

「さて、どうする」

想十郎が、青島と忠七に目をやって訊いた。

「佐野と島倉を、何としても助け出したいが」

青島が言った。

「ふたりが、家の裏手の離れに監禁されていることは分かったが、迂闊《うかつ》に近寄れんぞ。子分が交替で見張っているようだからな」

想十郎が厳しい顔をした。

次に口を挟む者がなく、その場が重苦しい雰囲気に包まれたとき、

「どこかで、暗くなるのを待ちやすか。闇に紛れて踏み込めば、ふたりを助け出せるかもしれねえ」

と、忠七が想十郎と青島に目をやって言った。

「そうだな。夜になるのを待つか」

　想十郎が言うと、青島がうなずいた。

「だが、暗くなるまで、だいぶあるぞ」

　想十郎が空を見上げて言った。

　まだ、陽は上空にあった。八ツ（午後二時）前ではあるまいか。

「ともかく、一膳《いちぜん》めし屋にでもよって時間を過ごすか。……腹も減ったし、酔わない程度に飲んでもいい」

　想十郎が言うと、

「行きやしょう！」

　忠七が、身を乗り出して声を上げた。

　青島は苦笑いを浮かべて、ちいさくうなずいた。

　想十郎たち三人は来た道を引き返し、長谷川町から富沢町に入ってすぐの通り沿いにあった一膳めし屋に目をとめた。

「その店は、どうだ」

　想十郎が一膳めし屋を指差した。

「一杯やった後、めしで腹拵《はらごしら》えもできやすぜ」

　そう言って、忠七が先にたち、三人は一膳めし屋に足をむけた。

店に入ると、土間に飯台が置いてあり、その先には小上がりもあった。飯台では、職人ふうの男がふたり、腰掛け代わりの空樽《あきだる》に腰を下ろして酒を飲んでいた。

　想十郎たち三人が小上がりに腰を下ろすと、娘が奥から足早に出てきた。そして、想十郎たちのそばに来ると、

「お客さん、何にしますか」

すぐに、訊いた。十四、五と思われる小太りの娘である。小女《こおんな》らしい。

「酒を頼む。肴《さかな》は見繕ってくれ」

　想十郎が言った。

「すぐ、支度します」

　娘はそう言い残し、奥の開いたままの板戸の間から入った。水を使う音が聞こえる。そこが、板場になっているらしい。

　想十郎たちが小上がりに腰を下ろして待つと、さきほどの娘と前垂れをかけた四十がらみと思われる男が姿を見せた。前垂れは、濡《ぬ》れて汚れていた。板場にいたようだ。店の主人かもしれない。

　男は盆に載せた猪口《ちょこ》と徳利を手にして運んできた。一方、娘の手にした盆には、

小鉢と皿がのせてあった。肴らしい。

「いらっしゃい」

男はそう言って、猪口と徳利を想十郎たちの前に置いた。

娘は小鉢と小皿を並べ始めた。小鉢には酢の物、皿には大根と油揚げの煮付けがあった。一膳めし屋にしては、料理屋を思わせるような肴である。

「旨《うま》そうだな」

忠七が目を細めて言った。

想十郎たち三人は、肴に舌鼓を打ちながら酒を酔わない程度に飲んだ。そして、めしを頼み、腹拵えをしてから店を出た。

陽は西の家並の向こうに、沈んでいた。暮れ六ツ（午後六時）ごろだろう。通り沿いの家は夕闇につつまれ、戸口から淡い灯《ひ》が洩《も》れている。

「源兵衛の家に着くころは、もっと暗くなるぞ。闇に紛れて、裏手の離れに踏み込めそうだ」

歩きながら、想十郎が言った。

想十郎たちは富沢町から長谷川町に入り、いっとき歩くと、夜陰のなかに源兵衛の家が見えてきた。家から男たちの談笑の声がかすかに聞こえた。

稲荷《いなり》のそばまで来ると、男たちの声がはっきりしてきた。二階にいる者が多いようだ。酒を飲んでいるのか、酔った男の声も聞こえた。その物言いから、武士がいることも知れた。ただ、池沢か矢代か、分からなかった。ふたりいるのかもしれない。

「どうしやす」

忠七が声をひそめて訊《き》いた。

「家の脇から、裏手にまわろう。離れから、佐野と島倉を助け出すのだ」

想十郎が、忠七と青島に顔をむけて言った。

ふたりは、無言でうなずいた。ふたりの目が、夜陰のなかで青白くひかっている。

想十郎たち三人は家の前を通って脇にまわった。家の脇が踏み固められ、小径《こみち》のようになっていた。夜陰につつまれていたが、歩きやすかった。

家の裏手に、離れが見えてきた。離れといっても、小屋のような建物だった。一部屋あるだけだと聞いていたが、下男や下女が寝泊まりするために造った家ではあるまいか。

「誰かいるようだ」

青島が声をひそめて言った。

家から、かすかに灯が洩れていた。それに、物音が聞こえた。床板の上を歩くような音である。

「子分が、監禁している佐野と島倉を見張っているのかもしれぬ」

想十郎が小声で言った。

想十郎たち三人は足音を忍ばせて、離れの戸口まで来た。板戸がしまっている。三人は、さらに足音を忍ばせて戸口に近付いた。

5

「開きやすぜ」

忠七が板戸に手をかけて言った。鍵《かぎ》はかかっていないらしい。

戸は重い音をたてて開いた。板戸の先が、狭い土間になっていた。土間につづいて、座敷があった。座敷のなかほどに、屛風《びょうぶ》がたててある。

想十郎、青島、忠七の三人は、土間に踏み込んだ。

座敷に、ふたりの男がいた。ふたりとも遊び人ふうである。

「てめえたち！　道場の者か」

大柄な男が叫んだ。

もうひとり、痩身《そうしん》で顎《あご》の尖《とが》った男が、懐から匕首《あいくち》を取り出した。興奮しているらしく、目がつり上がり、手にした匕首が震えている。

「門弟のふたりは、どこにいる！」

青島が声高に訊いた。

「知るかい！　ここにいるのは、おれたちふたりだけだ」

痩身の男が、叫んだ。

そのとき、屏風のむこうで、呻《うめ》き声と畳をたたくような音が聞こえた。誰かいるらしい。

「屏風の向こうに、誰かいやす！」

忠七が言った。

「捕らえられたふたりは、屏風の陰だ！」

想十郎が言い、刀を抜いた。

すぐに、青島も抜いた。忠七は、邪魔にならないように身を引いている。

「抜きゃァがった」

大柄な男も、懐から匕首を取り出した。

想十郎は、抜き身を手にしたまま座敷に踏み込んだ。刀身を峰に返している。斬るまでもない、と思ったのだ。

瘦身の男が想十郎の前に立ち、

「殺してやる！」

と叫びざま、匕首を突き出すように構えて、つっ込んできた。

想十郎は右手に体《たい》を寄せざま、刀身を横に払った。一瞬の太刀《たち》捌《さば》きである。

峰打ちが、瘦身の男の腹をとらえた。ドスッ、という音がし、刀身が男の腹に食い込んだ。

男は呻き声を上げてよろめき、手にした匕首を取り落とした。そして、足がとまると、その場に蹲《うずくま》った。肋骨《あばらぼね》でも折れたのかもしれない。

これを見た大柄な男は悲鳴を上げ、部屋の隅を通って土間へ飛び下りた。そして、開いたままになっていた板戸の間から外へ飛び出した。逃げたのである。

想十郎と青島は、すぐに屏風の陰にまわった。ふたりの男が、座敷に横たわっていた。ふたりは猿轡《さるぐつわ》をかまされ、後ろ手に縛られていた。両足も縛られている。

「佐野、島倉、助けに来たぞ」

青島が声をかけた。

すると、ふたりは青島に目をやり、大きくうなずいた。何か叫んだらしいが、猿轡をかまされているので声にならない。

想十郎と青島はすぐに佐野と島倉に近付き、後ろ手に縛られているふたりの紐《ひも》を刀で切ってやった。

紐が切れると、佐野と島倉は自分の手で猿轡を外し、

「青島さま！　流さま！」

と、声を上げた。ふたりは、想十郎の名も知っていた。道場にいるときに、覚えたのだろう。

「歩けるか。道場へ帰るぞ」

青島がふたりに言った。

ふたりは立ち上がったが、体がふらふらした。縛られたまま、寝かされていたことが多かったのだろう。

外に出ると、想十郎が前にたち、青島と忠七がふたりのそばに立った。体が歩くのになれるまで、そばについてやるらしい。

想十郎たちが離れを出て、源兵衛や子分たちの住む家の脇まで来たときだった。通りへ出る場所に、数人の男の姿があった。子分たちらしい。離れの物音や叫び声

を耳にして駆け付けたようだ。

「おれが、この場を引き受ける。青島どのたちは助けたふたりを連れて、道場へむかってくれ」

想十郎はそう言い、足を速めて、通りの近くまで行った。そして、近くにいた子分に、いきなり斬り付けた。

踏み込みざま袈裟《けさ》へ――。閃光《せんこう》がはしった次の瞬間、子分が悲鳴を上げて、身を仰《の》け反らせた。

子分の肩から胸にかけて着物が裂け、露《あらわ》になった肌に血の線がはしった次の瞬間、血が噴いた。子分は血を飛び散らせながらよろめき、足がとまると、腰から崩れるように倒れた。

これを見た他の仲間は、慌てて身を引いた。想十郎に、斬られると思ったらしい。

「いまだ！　逃げろ」

想十郎が声を上げた。

すると、そばにいた青島と助け出したふたり、それに忠七が走って、家の脇から通りに出た。そして、四人は稲荷《いなり》がある方へ走り出した。

「逃げたぞ！」

「追え！」

男たちが口々に叫んで、青島たち四人の方へ走り寄ろうとした。

「ここは、通さぬ！」

叫びざま、想十郎が先にたった男に斬りつけた。

横に払った刀身が、男の右の二の腕をとらえた。

ギャッ！　と悲鳴を上げ、男は手にした匕首を取り落としてよろめいた。男の右腕が、ダラリと垂れている。

想十郎の一撃が、男の右腕の骨まで切断したらしい。

「次は、首を斬り落とす！」

想十郎は、切っ先を集まってきた男たちにむけた。

男たちは腕を斬られた仲間を見て、その場に足をとめたまま踏み込もうとしなかった。想十郎に斬られるのを恐れたのだ。

想十郎は、青島と忠七がふたりの門弟とともに遠ざかったのを見て、抜き身を手にしたまま走りだした。青島たちの後を追ったのである。

その場にいた源兵衛の子分たちは、想十郎を追う足が遅く、すぐに引き離された。

子分たちは想十郎を恐れ、本気で後を追う者がいなかったのだ。そして、想十郎たちの姿が遠ざかると、その場に足をとめ、夜陰のなかに消えていく想十郎たちの後ろ姿を見つめていた。

6

青島と想十郎、それに忠七の三人は、助け出した佐野と島倉を道場へ連れていった。すでに、夜が更けていた。それで、今夜はふたりを道場に泊め、明朝それぞれの家に帰すつもりだった。

想十郎たち五人は、道場の師範座所で横になったが、いっときすると、明るくなってきた。それでも、五人は陽が昇るまで眠った。昨夜眠らなかったし、疲れていたので眠れたのである。

陽が高くなったころ、五人は身を起こした。そして、五人は母屋で顔を洗い、おきくが支度してくれた握り飯で腹拵《はらごしら》えをしてから、いったん道場にもどった。

「家の者が心配しているので、帰ります」

佐野が言った。

「それがしも、帰りたいのですが」

すぐに、島倉がつづいた。

「早く帰って、家の者を安心させてやった方がいいな。今なら、源兵衛の子分たちの目もないだろう」

そう言って、青島が立ち上がると、想十郎と忠七も腰を上げた。そして、三人で戸口に立って、佐野と島倉を見送った。

想十郎はふたりの姿が遠ざかると、

「おれも、いったん松崎屋にもどる。……店に変りがなければ、明日にも様子を訊きにくるつもりだ」

そう言って戸口から離れると、忠七が慌てて追ってきた。

「だ、旦那《だんな》、あっしも帰《けえ》りやす」

忠七が声をつまらせて言った。

「忠七も、たまには家に帰らないとな」

「あっしは、明日、道場に来てみやすよ」

「そうか」

想十郎は、忠七も自分の仕事をした方がいい、と思ったが、口にしなかった。忠七は想十郎が子供のころから流家に仕え、想十郎のことを心配して動いてくれる。

そんな忠七に、想十郎は高飛車に言えないのだ。

想十郎は松崎屋の前まで来ると、足をとめ、店の様子をうかがった。変った様子はなかった。店のなかから客たちの談笑の声がし、店の者が料理を運んでいるらしく、廊下を忙しそうに歩く足音が聞こえた。

想十郎は店の裏手にまわると、板場にいた料理人に帰ったことを知らせてから、離れに入った。

翌日、想十郎は昼ごろ起き、料理人が運んでくれた朝餉《あさげ》を食って座敷でくつろいでいると、戸口に近付いてくる足音がした。そして、足音がとまり、

「流様、お帰りですか」

と、おつたの声がした。

「いるぞ」

想十郎が声をかけると、戸口の格子戸があき、おつたが姿を見せた。おつたは、盆に載せた湯飲みと急須《きゅうす》を手にしていた。想十郎に茶を淹《い》れてくれたらしい。

おつたは座敷に上がってきて、想十郎の前に腰を下ろすと、

「何日も帰ってこなかったので、心配してたんですよ」

そう言って、湯飲みに茶を注ぎ、想十郎の膝先《ひざさき》に置いた。

「剣術道場で、揉《も》め事《ごと》があってな。師範代の青島どのと一緒に、揉め事にあたっていたのだ」

想十郎は道場のことを口にしたが、おつたに詳しいことを話すつもりはなかった。

「ところで、おつた、松崎屋はどうだ。おれが留守にしている間、困ったことはなかったか」

想十郎が声を改めて訊《き》いた。

「はい、御《お》蔭様《かげさま》で、お客さまも多いし、これといった揉め事もありませんでした」

おつたが、笑みを浮かべて言った。

「それは、よかった。……おつた、何かあったら話してくれ。おれにできることは、何でもやるから」

「流様が離れにいるだけで、安心できます」

おつたがそう言ったとき、戸口に近付いてくる足音がした。

足音の主は、ふたりだった。足音は離れの戸口でとまり、

「流の旦那、いやすか」

と、忠七の声がした。

「いるぞ。入ってくれ」

想十郎が声をかけると、格子戸が開いた。忠七と青島の姿が見えた。ふたりは座敷にいるおつたを見て、すぐに入ってこなかった。遠慮したらしい。

「お茶を淹れますね」

おつたはそう言い残し、慌てて腰を上げた。そして、土間へ下り、忠七と青島に頭を下げると、足早に出ていった。

「あっしらが、女将《おかみ》さんを追い出したようだ」

忠七が、戸惑うような顔をして言った。

「いや、おつたは、おれに茶を淹れてくれてな。ちょうど、もどるところだったのだ」

想十郎はそう言ってから、

「ふたりとも、上がってくれ」

と、声をかけた。想十郎は、青島が何か知らせることがあって、離れに来たとみたのである。

青島と忠七は座敷に上がって腰を下ろすと、

「道場のことでな。また、流どのに手を貸してもらいたいのだ」

青島が、顔を厳しくして言った。

「何があった」

想十郎が訊いた。

「このままでは、道場がつづけられないのだ」

青島が眉《まゆ》を寄せた。

「どういうことだ」

「門弟が集まらないのだ。今日、道場に姿を見せた門弟は、三人しかいなかった。それで、三人には帰ってもらったのだが……」

青島が言った。

「どうして、集まらないのだ」

「今朝方、姿を見せた門弟から聞いたのだが、通りに何人かの遊び人と武士がいて、このまま帰らないと、この場で斬る、と脅されたそうだ」

「そやつら、池沢と矢代、それに源兵衛の子分たちではないか」

想十郎が身を乗り出して言った。

「おれもそう見ている」

青島が言った。

「執念深いやつらだな。どうあっても、道場をつぶし、その跡地を賭場《とば》にするつもりらしい」

「源兵衛たちにも、意地があるようだ。このまま道場から手を引いたら、親分の威厳が薄れるだろう。……ここまで来たら、源兵衛も道場から手が引けなくなっているにちがいない」

「そうかもしれん」

想十郎も、源兵衛は容易に手を引かないだろうと思った。

「いずれにしろ、このままでは道場をつづけられない」

青島の顔に、困惑の色が浮いた。

「どうだ、明日から道場の近くで見張って、池沢や子分たちがいたら、おれたちがそやつらを襲ったら」

想十郎が、青島と忠七に目をやって言った。

「あっしらが、池沢や子分たちを襲って追い払うんですかい」

忠七が、身を乗り出して言った。

「そうだ」

「やりやしょう！」

忠七が声高に言った。

青島もその気になったらしく、無言でうなずいた。

7

想十郎は松崎屋の離れを出ると、青島と忠七と一緒に道場にむかった。

その日は、何事もなかった。想十郎、青島、忠七の三人は、道場に泊まった。翌朝、三人は道場を出て、門弟たちの通う道筋の樹陰に身を隠した。その場で、池沢や源兵衛の子分たちが、姿をあらわすのを待つのだ。

想十郎たちがその場に来て、小半刻《こはんとき》（三十分）も経ったろうか。通りの先に目をやっていた忠七が、

「来やした！」

と、声を上げた。

見ると、池沢と矢代、それに四、五人の遊び人ふうの男が姿を見せた。遊び人ふうの男は、源兵衛の子分らしい。

「大勢だぞ」

想十郎は、この場にいる三人だけでは、池沢たちに太刀打ちできない、とみた。

想十郎と青島が、池沢と矢代を相手にしている間に、遊び人ふうの男たちは忠七を殺すだろう。忠七が、この場に身を隠したままなら、遊び人たちは想十郎と青島を取り巻いて、襲ってくるはずだ。

池沢と矢代は、遣い手である。想十郎と青島が背後や脇にまわられた子分たちに気を配っていると、池沢と矢代に遅れをとる。

池沢たちは足をとめると、通り沿いで枝葉を繁らせていた樫《かし》の木の陰に身を隠した。その場で、門弟たちが来るのを待つ気らしい。

想十郎が池沢たちに目をやりながら迷っていると、

「流、門弟たちが来たぞ！」

青島が、通りの先を指差して言った。

見ると、若侍が四人、竹刀や木刀を手にして歩いてくる。四人は、何か探るように通りの左右に目をやっている。おそらく、門弟仲間が襲われたことを知って、用心しているのだろう。

「四人の門弟が味方になれば、池沢たちに勝てる！」

想十郎が、青島に目をやって言った。

「よし、池沢たちに仕掛けよう」

青島が、身を乗り出して言った。

門弟たちが樫の木の近くまで来たとき、身を潜めていた池沢たちが、通りに飛び出した。そして、四人の若侍を取り囲むように背後にもまわり込んだ。

四人の若侍は身を硬くして、その場につっ立った。それでも武士らしく、刀の柄《つか》に右手を添えた。戦うつもりらしい。

このとき、想十郎と青島が四人の門弟のそばに走り寄った。

「四人で、かたまれ！」

青島が門弟たちに声をかけた。

すると、四人の門弟は前後の敵に対応するように、ふたりずつ背を合わせ、手にした刀の切っ先を近くにいた遊び人ふうの男にむけた。

「池沢、おれが相手だ！」

想十郎が声を上げ、切っ先を池沢にむけた。

青島は想十郎からすこし離れた場で、矢代に切っ先をむけている。

「流！　今日こそ、始末してやる」

池沢が青眼《せいがん》に構え、切っ先を想十郎にむけた。

想十郎は、手にした刀を青眼に構えた。

そのとき、長脇差《わきざし》を手にした遊び人ふうの男が、想十郎の左手にまわり込んできた。脇から、想十郎に斬りつけるつもりらしい。

男は、ジリジリと想十郎に近付いてくる。

想十郎は、青眼に構えたまま動かなかった。男との間合、それに池沢の斬撃《ざんげき》の気配を読んでいた。

男が一歩踏み込めば、切っ先がとどく間合に踏み込んだとき、想十郎の全身に斬撃の気がはしった。

イヤアッ！

想十郎の体が、裂帛《れっぱく》の気合と同時に躍動した。そして、閃光《せんこう》がはしった瞬間、切っ先が左手にまわり込んでいた男の右腕を斬り裂いた。男は手にした匕首《あいくち》を取り落とし、後ろによろめいた。

想十郎の動きは、それでとまらなかった。キラッ、と刀身が光った次の瞬間、正面に立った池沢の右肩から胸にかけて、小袖《こそで》を斬り裂いた。一瞬の太刀《たち》捌《さば》きである。

池沢は驚愕《きょうがく》に目を剝《む》いて、後じさった。露《あらわ》になった右肩から、血が流れ出ている。

想十郎の刀身がふたたび光ると、右手にいた遊び人ふうの男の小袖を肩から胸にかけて袈裟《けさ》に斬り裂いていた。

男は悲鳴を上げて、身を引いた。

近くにいた男は、驚いたような顔をしてその場につっ立っている。

「蝴蝶剣……」

想十郎がつぶやいた。蝴蝶《こちょう》が舞うような華麗な動きにくわえ、刀身がキラッ、キラッと光った。蝴蝶剣は、想十郎が子供のころからの稽古《けいこ》と真剣勝負のなかで身につけた必殺の技である。

池沢は慌てて身を引くと、

「引け！　引け！」

と、叫んだ。

その声で、矢代と遊び人ふうの男たちが、その場から逃げ出した。

遊び人のひとり、想十郎に右腕を斬られた男だけが逃げ遅れた。これを目にした想十郎は、素早い動きで男の前に立ち塞《ふさ》がり、

「動くと、首を落とす！」

声を上げ、男の首に切っ先をむけた。

男は足をとめ、身を震わせてその場につっ立った。池沢や仲間の男たちは、足をとめられた男には構わず、逃げていく。

池沢たちの姿が通りの先に見えなくなると、

「これで、道場の行き帰りに襲われるようなことはあるまい。安心して、道場に通うといい」

青島が、門弟たちに言った。

四人の門弟は、青島と想十郎に頭を下げ、

「明日、道場へ行きます」

と言い残し、一緒にその場を離れた。

その場に残ったのは、想十郎、青島、忠七、それに逃げ遅れた男の四人である。

「この男から、話を訊《き》いてみるか」

想十郎が言うと、

「道場へ連れていって訊こう。この場だと、人目を引く」

青島がそう言って、男の後ろにまわった。

男は斬られた右腕の傷口を左手で押さえ、青褪《あおざ》めた顔で立っていた。

想十郎たちは、捕らえた男を道場内に連れ込んだ。男は観念したのか、想十郎たちのなすがままになっている。

青島が捕らえた男を道場のなかほどに座らせ、

「名は」

と、語気を強くして訊いた。

男は戸惑うような顔をしたが、

「安吉《やすきち》でさァ」

と、小声で名乗った。

「おまえたちは、どうあっても、この道場を奪って賭場《とば》にしたいのか」

青島が訊いた。

「ここで身を引いたら、親分の顔が立たねえんでさァ。それに、子分たちも、おれたちがこれだけ動いたのに何も手に入らねえ、と思うと、白けやすからね」

安吉が隠さず話した。観念して、隠す気が失《う》せたのだろう。

「そうか。……ところで、池沢と矢代は、いつも親分の家にいるのか。ふたりも、近所の借家に情婦をかこっていると聞いたが」

青島が、念を押すように訊いた。

「池沢の旦那《だんな》は、親分の家にいることが多いんですがね。矢代の旦那は、夜になると情婦《いろ》の住む家に帰《けえ》ることが多いようですぜ」

安吉の口許《くちもと》に、薄笑いが浮いた。

「その情婦の家だが、栄橋の近くの借家と聞いているが」

「近所に借家はあまりねえから、行けば分かるはずでさァ」

「そうか」

青島は安吉のそばから身を引き、

「何かあったら、訊いてくれ」

と、想十郎に目をやって言った。

「安吉、ふだん親分の家には、子分たちが何人ぐらいいるのだ」

想十郎が訊いた。

「寝泊まりしているのは、五、六人でさァ。近所に住んでいて顔を出す奴も、五、六人いやすぜ」

「そうか」

想十郎が、うなずいた。

次に安吉に訊く者がなく、道場内が静寂につつまれたとき、

「あ、あっしは、どうなるんで」

安吉が、声を震わせて訊いた。

「そうだな。明日、様子を見て帰してやる。だが、親分のところへは帰れないぞ。おまえがおれたちに捕まったことは、仲間たちが知っているからな。親分や仲間のことを話して、帰されたとみるだろうな。安吉、親分のところに帰ると、殺されるぞ。……どこか、しばらく身を隠しているんだな」

想十郎がそう話して、安吉から身を引いた。

第五章　勝　負

1

「そろそろ、出かけるか」

　想十郎が、青島に声をかけた。

　剣術道場に、想十郎、青島、忠七の三人の姿があった。門弟たちの稽古を終えて、半刻《はんとき》（一時間）ほど経っている。相変わらず道場に稽古に来る門弟たちはすくなく、稽古も早めに終わっていた。

「門弟たちも、それぞれの家に帰ったころだな」

　そう言って、想十郎は傍らに置いてあった大刀を手にして立ち上がった。

想十郎たち三人は道場を出ると、浜町堀にかかる栄橋にむかった。そこは、何度も通った道である。

想十郎は安吉の話から、矢代の情婦の住む借家は、栄橋の近くにあると知って来たのだ。

想十郎たちは富沢町に入り、前方に栄橋が見えてくると、路傍に足をとめた。

「この辺りで、借家のことを訊いてみるか」

想十郎が言った。

すると、青島と忠七がうなずいた。

三人はその場で分かれ、半刻（一時間）ほどしたらこの場に集まることにした。

「ただ、借家に近付かない方がいいな。おれたちが、矢代の情婦《いろ》の住む家を捜っていると知れたら、矢代は家に帰らなくなる」

想十郎が、青島と忠七に言った。

ひとりになった想十郎は通りを引き返し、話の訊けそうな店を探した。借家は栄橋を渡った先の久松町と聞いていたが、栄橋の近くらしいので、この辺りでも知れるだろう。

想十郎は青島たちと分かれて二町ほど歩いたとき、通り沿いで店をひらいている八百屋に目をとめた。親爺《おやじ》らしい男が、大根を手にした女房らしい年増《としま》と話している。

　想十郎が八百屋に近付くと、女房らしい年増は、「また、来るね」と言って、店先から離れた。

　想十郎は親爺のそばに行き、

「ちと、訊《き》きたいことがあるのだがな」

と、声をかけた。

「なんです」

親爺が、素っ気ない声で言った。想十郎を客ではない、とみたからだろう。

「橋を渡った先に、借家があると聞いてきたんだがな」

　想十郎が言った。

「ありやすよ」

「近くか」

「へい、久松町に入《へえ》って、堀沿いの道を南に半町ほど歩くと、蕎麦屋《そばや》がありやす。その店の脇の道に入《へえ》ると、借家が三軒並んでまさァ」

「その借家に、女がひとりで住んでると聞いたのだがな。知っているか」

さらに、想十郎が訊いた。

「あっしも、そんな話を耳にしたことがありやす」

「三軒のうち、女はどの家に住んでいるのだ」

「そこまでは、知りませんねえ」

親爺はそう言うと、店内にもどりたいような素振りを見せた。いつまでも、見ず知らずの男と話し込んでいるわけにはいかない、と思ったらしい。

「手間を取らせたな」

そう言って、想十郎は店先から離れた。

想十郎が親爺から聞いたとおり橋を渡り、堀沿いの道を南に半町ほど歩くと、道沿いに蕎麦屋があった。その店の脇に、小《こ》径《みち》がつづいている。

想十郎は、蕎麦屋の脇の道に入った。いっとき歩くと、路傍に立っている忠七の姿が見えた。どうやら、忠七もここに女の住む借家があると聞いて来たようだ。

想十郎が忠七に近付くと、

「旦那ですかい」

忠七は想十郎に声をかけ、斜《はす》向かいにある三軒の家に顔をむけ、

「矢代の情婦が住んでるのは、手前の家ですぜ」

と、指差して言った。

「矢代は、家に来ているのか」

想十郎が訊いた。

「分からねえ。あっしも、ここに来たばかりでさァ」

忠七が言った。

「忠七、矢代が来ているかどうか、あの家を探ってきてくれんか。おれより、忠七の方が目立たないだろう」

「承知しやした」

忠七は、すぐにその場を離れた。そして、通行人を装って三軒並んでいる手前の家に近付いた。

忠七は家の前まで行くと、戸口に身を寄せて歩調を緩めた。家のなかの物音を耳にしているようだ。

忠七は家の前を通り過ぎ、半町ほど歩いてから足をとめて踵《きびす》を返し、足早にもどってきた。

忠七は想十郎のそばに来ると、

「家にいるのは、ひとりのようで」

そう言い、家のなかから聞こえたのは、床を踏む音と障子を開け閉めする音だけだった、と話した。

「まだ、矢代は帰ってないのだな」

想十郎が念を押した。

そのとき、背後で足音が聞こえた。振り返ると、青島が足早に近付いてくる。

青島は想十郎たちの側にくると、

「この近くに、矢代の情婦《いろ》の住む家があると聞いてきたのだ」

そう言って、通りの先に目をやった。

「情婦《いろ》が住んでいるのは、手前の家だ」

想十郎が指差して言い、

「いま、忠七が様子を見てきたところだ」

と、言い添えた。

忠七はあらためて、矢代が情婦の住む家に帰っていないことを話した。

「どうする」

青島が訊いた。

「まだ、矢代は、源兵衛の家にいるのかもしれねえ」

忠七が言った。

「どうだ、陽が沈むころ、もう一度来てみるか。矢代は情婦《いろ》の住む家に帰っているかもしれぬ」

想十郎が言うと、青島と忠七がうなずいた。

2

想十郎たちは来た道を引き返し、源兵衛の家が見えるところまで来た。

源兵衛の家は、変りなかった。家の中から、子分たちと思われる男の談笑の声が聞こえる。

「子分が出て来るのを待って、矢代のことを訊いてみやすか」

忠七が言った。

「それも手だが、下手をすると、おれたちが矢代の情婦の家を探っていることが知れるぞ。そうなると、矢代は情婦の家に帰らなくなる」

「三人で、源兵衛の家に踏み込むわけにはいかねえし……。やはり、矢代が情婦の家に帰《けえ》るのを待つしかねえか」

忠七が肩を落として言った。

「まだ、陽は高い、飯でも食ってから情婦の住む家に向かうか」

想十郎は、飯だけでなく酔わない程度に酒を飲んで時を過ごしてから、情婦の住む家に行こうと思った。

想十郎たち三人は来た道を引き返し、しばらく歩くと、通り沿いにある蕎麦屋に目をとめた。

「あの蕎麦屋は、どうだ」

想十郎が、蕎麦屋を指差して言った。

「あの店にしやしょう」

すぐに、忠七が言った。

想十郎たち三人は、蕎麦屋に入った。土間の先が、すぐに小上がりになっていた。その先にも座敷があり、何人もの男たちが蕎麦を手繰ったり、酒を飲んだりしていた。

想十郎たちは、小上がりのあいている場に腰を下ろした。そして、注文を訊きにきた小女に、酒と蕎麦を頼んだ。酔わない程度に飲むのである。

小上がりでいっとき待つと、小女がまず酒を運んできた。

「まず、一杯」

想十郎は銚子《ちょうし》を手にし、青島と忠七の猪口《ちょこ》に酒を注いでやった。

「旦那《だんな》にも、お注ぎしやす」

忠七が想十郎の猪口に注いだ。

想十郎たち三人は酒を注ぎあっていっとき飲んでから、小女に蕎麦《そば》を持ってくるように話した。酔うほど、飲むわけにはいかなかったのだ。

想十郎たちは、とどいた蕎麦を食べ終え、一息ついてから蕎麦屋を出た。陽は西の空にまわっていた。七ツ（午後四時）過ぎではあるまいか。

「情婦《いろ》の家に、行ってみやすか」

忠七が言った。

「行ってみよう」

想十郎たちは来た道を引き返し、前方に女の住む借家が見えてきたところで、足をとめた。

「今度は、おれが見てこよう」

そう言って、青島が借家にむかった。

想十郎と忠七は、念のため通り沿いの仕舞屋《しもたや》の脇に身を隠した。

青島は手前の借家の近くまで行くと、忍び足で戸口に近付いた。そして、腰高障子の前で、聞き耳を立てているようだったが、そのまま通り過ぎ、家から離れてから踵を返してもどってきた。

青島は想十郎たちの側までくると、

「矢代は帰っているようだ」

そう言って、家のなかで、女の「おまえさん」と呼ぶ声が聞こえたことを言い添えた。

「矢代はあの家にいるのか」

想十郎が、借家を見つめて言った。

「家に踏み込むか」

青島が訊《き》いた。

「いや、矢代を外に呼び出そう」

想十郎は、家のなかで斬り合うのはやめようと思った。家のなかで仕留めるのは難しいし、同居している女に邪魔されると、逃げられる恐れもある。

「あっしが、外に呼び出しやしょうか」

忠七が言った。

「そうしてくれ」

想十郎は、忠七なら矢代も油断して外に出てくるのではないかと思った。

想十郎たち三人は手前の借家の近くまで行って、路傍に足をとめた。そして、想十郎と青島は別の家の脇に身を隠した。

忠七はひとり、矢代のいる借家に近付いた。そして、戸口に近付き、「矢代の旦那、いやすか」と声をかけた。

すると、家のなかから聞こえていた男と女の声がやみ、

「誰だ！」

と、矢代の声が聞こえた。

「弥吉《やきち》ともうしやす。源兵衛親分に言われて来たんでさァ」

忠七は、矢代を呼び出すために偽名を使ったのだ。

「弥吉だと……。そんな男は知らぬが、おれに何の用だ」

「親分に、矢代の旦那に渡すように預かってきた物があるんでさァ」

忠七は、矢代を外に呼び出すために作り話を口にした。

「それなら、家に入ってこい」

矢代が言った。

「それが、大きな物で、家の脇に置いてあるんでさァ」

「いったい、何を運んできたのだ」

そう言った後、矢代の立ち上がるような音がし、土間の方へ出てきた。

「おまえさん、わたしも行く」

と、女の声がした。

「おれん、家にいろ。すぐ、もどる」

矢代が言った。

3

座敷から土間に下りる足音につづいて、腰高障子が開いた。姿を見せたのは、矢代だった。大刀を手にしていた。咄嗟《とっさ》に、そばにあった大刀を手にして外に出たのだろう。

矢代は、戸口からすこし離れた場に立っている忠七を見て、

「弥吉というのは、おまえか」

と、忠七を見つめて訊いた。

矢代の顔に不審そうな表情が浮き、

「見たことのない顔だが、源兵衛親分のところに出入りしているのか」

と、探るような目をして訊いた。

「あっしは、まだ子分になって間がねえんでさァ。……ともかく、旦那に持ってきた物があるんで、見てくだせえ。家の脇に置いてありやす」

「いったい、何を持ってきたのだ」

そう言って、矢代は戸口から離れ、家の脇にむかった。

そのときだった。別の家の脇に身を隠していた想十郎と青島が飛び出した。そして、矢代の方に走った。

矢代はふたりの足音を聞いて、顔をむけた。一瞬、矢代は体を硬直させたが、すぐに家にもどろうとして反転した。だが、その場から動かなかった。いや、動けなかったのである。

想十郎が矢代の背後に迫り、青島が家の前にまわり込んで、逃げ道をふさいだのだ。

「青島と流か！」

矢代が叫んだ。想十郎の名も知っていた。

想十郎は矢代の前に立ち、

「逃げられんぞ！」

と言って、抜刀した。

矢代も刀を抜き、手にした鞘《さや》を足許《あしもと》に置いた。

想十郎と矢代の間合は、二間ほどしかなかった。その場が狭く、間合を広くとれないのだ。

すこし離れた場にいた青島も刀を抜いた。想十郎と矢代の立ち合いを見て、想十郎が危ういとみたら、助太刀《すけだち》する気らしい。

想十郎は青眼《せいがん》に構え、切っ先を矢代の目にむけた。

対する矢代は八相《はっそう》だった。柄《つか》を握った両手を高くとり、刀身を垂直に立てていた。大きな構えである。だが、刀身がかすかに震えていた。興奮のため、腕に力が入り過ぎているのだ。

……勝てる！

と、想十郎は胸の内で声を上げた。

興奮で腕に力が入り過ぎると、体が硬くなり、一瞬の反応を鈍くするのだ。

「行くぞ！」

想十郎が声をかけ、間合をつめ始めた。

矢代は動かなかった。八相に構えたまま、斬撃《ざんげき》の気配を見せている。

……斬撃の間境まで、後一歩！

想十郎が胸の内で読んだとき、ふいに矢代の全身に斬撃の気がはしった。

タアッ！

甲走《かんばし》った気合を発し、矢代が斬り込んできた。

八相から袈裟《けさ》へ——。

だが、この太刀筋を想十郎は読んでいた。一瞬、身を引きざま、刀身を袈裟に払った。神速の一撃である。

袈裟と袈裟——。ふたりの刀身が、眼前で交差した。次の瞬間、想十郎は刀を横に払った。

想十郎の袈裟から横へ払った斬撃は、連続した一撃といってもいい。

一瞬、矢代は身を引いて、想十郎の切っ先をかわそうとしたが間に合わなかった。

ザクリ、と矢代の小袖《こそで》が横に裂け、露《あらわ》になった矢代の脇腹から血が流れ出た
矢代は手にした刀を取り落とし、右手で斬られた腹を押さえてよろめいた。指の間から、血が赤い筋を引いて流れ落ちている。

矢代は足が止まると、その場に蹲《うずくま》った。腹を押さえたまま、苦しそうな呻《うめ》き声を漏らしている。

そこへ、想十郎と青島が近寄った。ふたりから、すこし遅れて忠七が近付いてきた。

想十郎は、忠七に手拭《てぬぐ》いを持っているか訊《き》いた。

「持ってやす」

すぐに、忠七は懐から手拭いを取り出した。

想十郎は手早く手拭いを畳み、

「矢代、これを腹に当てろ」

と言って、手拭いを矢代に持たせてやった。

「…………！」

矢代は戸惑うような顔をして想十郎を見たが、手にした手拭いを腹に押し当てた。

すぐに、手拭いが赤く染まったが、多少出血は防げそうだった。

「訊きたいことがある」

想十郎が、声をあらためて言った。

矢代は想十郎に目をむけたが、何も言わなかった。苦しげに顔をしかめている。

「池沢は、何処にいる」

想十郎が訊いた。

矢代は戸惑うような顔をして口をつぐんでいたが、

「お、親分の家だ」

と、声をつまらせて言った。体が小刻みに震えている。

「源兵衛の家から、出るときはないのか」

さらに、想十郎が訊いた。

「ひ、ひとりで出ることは、滅多にない」

矢代が言った。

「酒は飲まないのか」

「飲むが……。仲間と一緒に、親分の家で飲むことが多い」

「ところで、池沢は親分と一緒に出かけることはないのか」

想十郎が、声を大きくして訊いた。

「あ、ある」

「どこへ、出かける」

「親分の情婦《いろ》のところだ」

「堀江町一丁目にある小料理屋か」

想十郎は、堀江町一丁目で、源兵衛の情婦のおふくが美園という小料理屋をやっていることを知っていた。すでに、店も目にしている。

「よ、よく知っているな」

矢代が驚いたような顔をした。

「池沢は、源兵衛と一緒に堀江町にある小料理屋に行っているのか」

「そ、そうだ」

矢代の体の震えが、激しくなってきた。顔も、土気色をしている。

……矢代の命は、長くない。

と、みた想十郎は、脇にいる青島に、

「何かあったら、訊いてくれ」

と、声をかけた。

「源兵衛は、堀江町に子分を大勢連れていったのか」

青島が身を乗り出して訊いた。

「……よ、四人だ」

矢代の震えが、激しくなってきた。視線も揺れている。

「武士は、池沢ひとりだな」

青島が声を大きくして訊いた。

「そ、そうだ……」

ふいに、矢代が顎《あご》を突き出すようにして、グッと喉《のど》の詰まったような呻き声を上げた。そして、急に全身から力が抜け、グッタリとなった。息の音が聞こえない。

「死んだ……」

想十郎が小声で言った。

次に口を開く者がなく、その場は重苦しい沈黙につつまれていたが、

「矢代の亡骸《なきがら》は、どうしやす」

と、忠七が訊いた。

「矢代の情婦《いろ》にまかせよう」

想十郎は、忠七と青島の手を借りて、矢代の死体を情婦が住んでいる家の戸口まで運んだ。家のなかから、女の呻くような声が聞こえた。情婦は戸口の隙間から、矢代が想十郎に斬られたのを目にしたのかもしれない。

「長居は無用」

想十郎が青島と忠七に声をかけ、足早に戸口から離れた。

4

翌日、想十郎、青島、忠七の三人は、道場での稽古《けいこ》を早めに切り上げて堀江町にむかった。源兵衛が身を隠している小料理屋の美園へ行くつもりだった。

想十郎たちは、長谷川町の稲荷《いなり》の前の道を西にむかった。そして、長谷川町を出てしばらく歩くと、入堀に突き当たった。さらに、堀沿いの道を北に歩き、堀にかかる橋を渡った。渡った先が、美園のある堀江町一丁目である。

「こっちだ」

想十郎が先にたった。すでに、想十郎は美園の近くまで来たことがあったので、道筋は分かっていた。

想十郎たちは掘割沿いの道をすこし歩き、道沿いにある一膳《いちぜん》めし屋の脇で足をとめた。店の脇に、別の道がある。

「この道の先に、源兵衛の情婦のおふくが女将《おかみ》をしている美園という名の小料理屋がある。そこに、源兵衛と池沢がいるようだ」

想十郎はふたりの名だけ口にしたが、子分たちも何人かいる、とみておかねばならないと思った。

「行ってみよう」

そう言って、想十郎が先にたち、一膳めし屋の脇の道に入った。道沿いには、料理屋、蕎麦屋、居酒屋などの飲み食いできる店が並んでいた。武士の姿はあまりなく、町人が行き交っていた。

先にたった想十郎は、見覚えのある場所で足をとめ、

「そこの店が、美園だ」

と言って、道沿いにあった小料理屋らしい店を指差した。

青島と忠七は、想十郎に身を寄せ、美園に目をやった。

「店は開いているようだ」

想十郎が言った。店の入口に、暖簾《のれん》が出ていた。店から、かすかに男の談笑の声が聞こえてきた。客がいるようだ。

「源兵衛は、来ているかな」

青島が、美園に目をやりながら訊いた。

「ここで店を眺めていても、仕方がない。どうだ、近所で訊いてみるか」

想十郎が言った。

「そうしやしょう」

すぐに、忠七が言った。

「まだ、おれたちがここに来たことを、女将のおふくや源兵衛たちに知られないように、店からすこし離れた場所で訊《き》いてみよう」

想十郎が言い、三人は来た道を引き返した。

三人が道沿いにあった蕎麦屋《そばや》の脇まで来たとき、想十郎が足をとめ、

「この店で、訊いてみるか」

と言って、青島と忠七に目をやった
想十郎は、蕎麦で腹拵《はらごしら》えをするとともに、店の者から話を訊いてみようと思った。ここの店なら美園と遠くないので、美園の女将のことも知っていると踏んだのだ。

「それがいい」

すぐに、忠七が声を上げた。どうやら、忠七は腹が減っていたらしい。

想十郎たちは、蕎麦屋の暖簾をくぐって店に入った。店内に置かれた飯台を前にして、三人の客がいた。三人は職人ふうの男で、蕎麦を食べている。飯台の置かれた奥に小上がりがあったが、そこには客の姿がなかった。

想十郎たちは、小上がりに上がって腰を下ろした。すると、右手の奥から娘がひ

とり出てきた。店の小女らしい。

「いらっしゃい」

小女は、想十郎たちのそばに来て注文を訊いた。

想十郎たち三人が蕎麦を頼んだ後、

「訊きたいことが、あるのだがな」

と、想十郎が小声で言った。

小女はその場に足をとめたまま、想十郎に顔をむけている。

「そこに、美園という小料理屋があるのだが、知っているか」

想十郎が、美園のある方を指差して訊いた。

「知ってます」

小女が小声で言った。顔に不安そうな表情があった。美園の女将の情夫が、やくざの親分の源兵衛だと知っているのかもしれない。

「実は美園で一杯やろうと思って来たのだが、女将の情夫《いろ》が、やくざの親分と聞いてな。店に入るのを迷っているのだ」

想十郎が、声をひそめて言った。

「わたしも、聞きました」

小女が小声で言った。

「やはりそうか。……実は、その親分が店に来ているらしいのだ」

想十郎は、さらに声をひそめた。

すると、小女が想十郎に身を寄せ、

「あたし、見たんです。親分さんが、美園に入るのを」

と、ささやいた。小女は、不安と好奇心の入り交じったような顔をしている。

「見たのか」

想十郎が、驚いたような顔をして見せた。

「はい」

「親分、ひとりではあるまい。一緒に子分たちがいたのではないか」

「いました」

小女が昂《たかぶ》った声で言った。

「武士もいたのか」

想十郎が訊いた。

「はい、お侍がひとり。それに、子分らしい男が、五、六人もいました」

「大勢だな」

想十郎は、源兵衛が剣術道場の者たちに、命を狙われているとみて、池沢や子分たちを連れてきたようだ、と踏んだ。

想十郎たちが口を噤《つぐ》むと、

「蕎麦を、お持ちします」

小女はそう言い残し、慌てて板場の方にもどった。見知らぬ客と、話し過ぎたと思ったのだろう。

5

想十郎は青島と忠七が蕎麦を食べ終わるのを待って、

「池沢と子分たちが五、六人もいるとなると、美園に踏み込むわけにはいかないな」

と、切り出した。

「大勢だが、店にいるのかな」

青島が首を捻《ひね》った。

「店にそれだけいたら、客のいる場がないな」

想十郎が言った。

「おそらく、源兵衛たちは二階にいるのだ。二階の座敷に、客を上げることはないからな」

青島は、美園のある方に目をやった。

「うむ……」

想十郎はいっとき黙考していたが、

「美園は、夜通し店を開いているわけではあるまい。夜が更けて客がいなくなれば、店を閉じて、女将《おかみ》や源兵衛たちは二階で休むはずだぞ。二階には一部屋か、小部屋なら二部屋か……。どちらにしろ、女将たちの他に、五、六人もの男が、寝泊まりすることはできまい」

と、青島と忠七に目をやって言った。

「そうか！　子分たちは、寝る前に帰るのか」

忠七が声高に言った。

「おれは、そう踏んだ。……源兵衛は用心のため、来るときは子分たちを連れてきたが、寝る場もない小料理屋に、子分たちを泊めるはずはない」

「そうみていいな」

青島が言った。

「子分たちが帰った後を狙って、店に踏み込めばいいのか」

忠七が、うなずいた。

「深夜か、それとも明け方か。いずれにしろ、美園から子分たちがいなくなるときがあるはずだ」

想十郎が言った。

「明け方がいいな」

青島が身を乗り出した。

「そうだな。ただ、道場に帰って出直すにしても、明け方ここに着くには、暗い内に道場を出ねばならないぞ。寝る間はないな」

想十郎が言うと、青島と忠七は口を噤んでいたが、

「どうです。遅くまでやっている飲み屋で、店仕舞いするまで過ごしやすか」

忠七が言った。

「また、飲み屋か。………酒ばっかり飲んでいたら、美園に踏み込む前に酔って、寝込んでしまうのではないか」

想十郎が、苦笑いを浮かべた。

「酔わない程度に、やりやしょう」

酒好きの忠七は、その気になっている。

想十郎たちは、道沿いにあった飲み屋に目をとめて入った。そして、酒と肴《さかな》を頼んだが、深酒はせずに時を過ごし、夜が更けてから店を出た。

店の外は、夜闇が深くなったように感じられた。通りかかる者の姿はほとんどなく、道沿いの多くの店が、商いを終えて灯を消していた。闇と静寂につつまれている。ただ、灯のある店もあった。遅くまで客のいた飲み屋や小料理屋であろう。

想十郎たちは、美園の前まで行ってみた。

「旦那《だんな》、美園は灯《ひ》がついてやす」

忠七が言った。

見ると、美園の二階に灯の色があった。一階は、夜陰につつまれている。

「話し声も、聞こえるぞ」

青島が声をひそめて言った。

二階から、男の声がした。ふたりの男が話しているらしい。くぐもった声だった。

男だと分かったが、話の内容までは聞き取れない。

「ひとりは、武家言葉だ」

想十郎が言った。

「池沢ではないか」

青島が、二階を見つめながら言った。

「池沢だな。話している相手は、源兵衛にちがいない。……池沢は、念のため美園に残ったのではないか」

「そうみていい」

「二階にいるのは、源兵衛と池沢、それに女将のおふくだな」

想十郎が、断定するように言った。

「どうする」

青島が訊《き》いた。

「相手は、源兵衛と池沢のふたりだ。おれたちは三人、遅れをとるようなことはあるまい。……おれが池沢をやる。青島は源兵衛を仕留めてくれ」

想十郎は、池沢を部屋の外に呼び出すつもりだった。ただ、美園のなかに入ってみなければ、どうなるか分からない。狭い部屋や廊下で斬り合うと、何が起こるか分からないし、想十郎と池沢で勝負をしている間に、源兵衛に逃げられる恐れもある。

「承知した」

青島が顔をひきしめて言った。

「あっしは、何をしやす」

忠七が訊いた。

「忠七は念のため、店の戸口にいてくれ。逃げ出す者がいたら跡をつけてもらいたいが、深追いはするな。向かった方向だけでいいぞ」

想十郎は、忠七が二階に踏み込んでも、戦力にならないとみた。ただ、深夜跡をつけるのは難しいし、下手をすると返り討ちに遭うかもしれない。それで、逃げた方向だけでいいと話したのだ。

「承知しやした」

忠七が言った。双眸《そうぼう》が、夜陰のなかで光っている。

6

「行くぞ！」

想十郎が言い、青島とともに美園の入口にむかった。

美園の入口は、格子戸になっていた。

青島が格子戸を引いたが、開かなかった。

「心張り棒がかってあるようだ」

青島が言った。

「おれに任せろ」

想十郎は、格子戸の前に立って刀を抜いた。そして、戸の下の板の部分に切っ先を突き刺し、強く下に押した。すると、戸の向こうで、ガタン、と心張り棒が土間に落ちる音がした。

想十郎は、格子戸に手をかけて引き、

「開くぞ」

と、声をひそめて言った。

格子戸は開いた。店の中は暗かったが、目が慣れると、狭い土間の先が小上がりになっているのが見てとれた。その先に、障子がたててあった。客を入れる座敷になっているらしい。

想十郎は、小上がりの右手にある二階に上がる階段に目をとめ、

「そこだ」

と言って、階段を指差した。

想十郎と青島は、足音を忍ばせて階段を上った。それでも、店のなかが静寂につつまれているせいか、ギシッ、ギシッ、という音がやけに大きく聞こえた。

ふたりは、二階の廊下に出た。廊下は暗かったが、廊下沿いに二部屋あることが分かった。手前の部屋に障子がたててあり、かすかに灯の色があった。人のいる気配がする。

「だれか、いるぞ！」

想十郎が声を殺して言った。そのとき、夜具を撥《は》ね除《の》けるような大きな音がした。

「誰だ！」

誰か立ち上がったらしい。

障子の向こうで、男の声が聞こえた。声の主は誰かはっきりしないが、源兵衛か池沢であろう。

「次の部屋へ、行くぞ」

想十郎が言った。

想十郎と青島は、次の部屋にむかった。廊下の突き当たりが、壁になっていた。二階の部屋は、二間だけらしい。

次の部屋にも、廊下側に障子がたててあった。部屋のなかで、夜具を撥ね除けるような音がし、

「お、おまえさん、誰か廊下にいるよ」

と、女が声を震わせて言った。おそらく、源兵衛の情婦のおふくであろう。

「おふく、ここにいろ！」

男の上擦《うわず》った声がした。源兵衛らしい。

ふたりともひどく慌てているらしく、布団を撥ね除けるような音、畳の上を歩く音などが立て続けに聞こえた。

先程、源兵衛と池沢が話しているような声が聞こえたが、それぞれの部屋にもどったらしい。

「踏み込むぞ！」

想十郎が、障子を開けた。

部屋のなかは暗かったが、外に面した障子が月光を受けて仄白《ほのじろ》く浮き上がり、ぼんやりと部屋のなかが識別できた。

部屋のなかほどに、寝間着姿の男がひとり立っていた。浅黒い顔をした大柄な男である。この男が、源兵衛であろう。

　座敷には、ふたり分の布団が敷いてあり、隅に女が立っていた。女は源兵衛の情婦のおふくらしい。おふくの寝間着が乱れ、胸や両足が闇のなかに蠟《ろう》のように白く浮き上がって見えた。

「てめえら、剣術道場のやつらか！」

　源兵衛が言った。

「源兵衛、観念しろ！」

　想十郎は、座敷に踏み込んで刀を抜いた。刀身を峰に返さず、切っ先を源兵衛にむけた。源兵衛を峰打ちにする気はなかったのだ。

「お、おまえさん……」

　おふくが、身を震わせて源兵衛に縋《すが》り付いた。

　源兵衛は、おふくの体を片手で脇に押しやり、

「か、刀を引け！　金なら、欲しいだけくれてやる」

　と、声を震わせて言った。

「金などいらぬ。おれたちが欲しいのは、おまえの命だ」

　想十郎は、切っ先を源兵衛にむけた。

　そのとき、廊下で足音がした。隣の部屋から何者かが廊下に出てきたらしい。

まだ、座敷に入らず、廊下に残っていた青島が、

「池沢だ！」

と、声を上げた。やはり、隣の部屋にいたのは池沢である。

「池沢は、おれが相手をする。流どのは、源兵衛を頼む」

青島が声を上げた。

「源兵衛は、おれが始末する」

そう言って、想十郎は抜き身を手にしたまま座敷に踏み込んだ。

源兵衛は慌てた様子で座敷の隅に身を寄せ、長火鉢の脇に置いてあった長脇差《わきざし》を手にした。

源兵衛のそばにいたおふくは、想十郎が近付くと、慌てて長火鉢の脇にまわり込んだ。そこに、身を隠したのである。

「おまえは、剣術道場の者か」

源兵衛が、長脇差を手にしたまま訊《き》いた。夜陰のなかで、長脇差が白く浮き上がったように見えた。

「そうだ」

想十郎は指南役でも門弟でもなかったが、面倒なので、道場の者ということにし

ておいた。

「み、見逃してくれ！　おまえの欲しい物は、何だ。おれが、何でもくれてやる」

源兵衛が、声をつまらせて訊いた。やくざの親分だが、刀を手にした武士を見て闘う気は失《う》せていた。そして、己の命を守るために許しを請うている。

「問答無用！」

言いざま、想十郎は一歩踏みこんだ。

「た、助けて！」

源兵衛が、慌ててを身を引いた。そして、想十郎との間が開くと、反転して逃げようとした。

「逃がさぬ！」

言いざま、想十郎は素早い動きで踏み込み、刀を袈裟《けさ》に払った。

想十郎の切っ先が、反転した源兵衛を肩から背にかけて切り裂いた。

ギャッ！　と悲鳴を上げ、源兵衛がよろめいた。寝間着が裂け、露《あらわ》になった背から血が流れ出た。

源兵衛は前によろめいたが、足がとまると反転し、部屋の隅を通って廊下へ出ようとした。逃げるつもりらしい。

想十郎は素早い動きで源兵衛に迫り、刀身を横に払った。一瞬の太刀《たち》捌《さば》きである。

ビュッ、と血が、源兵衛の首から飛んだ。想十郎の切っ先が、源兵衛の首をとらえたのだ。

源兵衛は血を撒《ま》きながらよろめいたが、足がとまると俯《うつぶ》せに倒れた。源兵衛の首から、血が飛び散っている。想十郎の切っ先が、首の血《ち》管《くだ》を斬ったようだ。

俯せに倒れた源兵衛は、何とか起き上がろうとして首を擡《もた》げたが、すぐにぐったりとなった。血が、赤い布を広げるように畳を染めていく。

「おまえさん！」

おふくが、叫んだ。だが、座敷の隅に立ったまま動かなかった。想十郎が、倒れている源兵衛のそばにいたからだろう。

「おふく、源兵衛を葬ってやれ」

想十郎はそう声をかけ、廊下に出た。

7

このとき、青島は廊下で池沢と対峙《たいじ》していた。青島は青眼、池沢は低い八相に構えている。

青島は想十郎の姿を目にし、

「池沢は、おれが斬る。流どのは、そこにいてくれ」

と、声をかけた。

想十郎は、すぐに身を引いた。廊下は狭く、ふたりで池沢に刀をむけることはできなかったし、ひとりの剣客として、池沢は青島に任せることにした。ただ、青島が危ういと見たら、助けに入るつもりだった。

青島と池沢は、青眼に構えていた。池沢は八相から構え直したようだ。ふたりとも腰の据わった隙のない構えで、切っ先を相手の目にむけている。

ふたりの間合は、およそ二間――。真剣勝負の立ち合いの間合としては近いが、廊下は狭く、広く間合を取ることができないのだ。

ふたりは青眼に構えたまま、全身に斬撃《ざんげき》の気配を見せて、気魄《きはく》で攻め合っていた。気攻めである。

ふたりは対峙したまま動かなかったが、ふいに、青島が半歩前に出た。その動きで、池沢の全身に斬撃の気がはしった。

タアッ！

池沢が鋭い気合を発して、斬り込んだ。

青眼から袈裟へ――。

ほぼ同時に、青島も踏み込みざま袈裟へ刀身を払った。

袈裟と袈裟――。

ふたりの刀身が眼前で合致し、青火が散った。

次の瞬間、ふたりは二の太刀をはなった。

池沢が身を引きざま、青島の籠手《こて》を狙って突き込むように斬りつけた。

刹那《せつな》、青島は手にした刀身を横に払った。一瞬の攻防である。

池沢の切っ先は青島の右腕をとらえ、青島の切っ先は池沢の右の袂《たもと》を斬り裂いた。

次の瞬間、ふたりは大きく身を引き、相手との間合をとった。

青島と池沢は、ふたたび青眼に構え合った。

青島の右の前腕《ぜんわん》が、血に染まっていた。池沢の切っ先で、斬られたのだ。ただ、皮肉が浅く裂けただけである。

一方、池沢は袖《そで》を切られただけで、血の色はなかった。

「次は、貴様の首を落としてくれる」

そう言って、池沢は青眼ではなく八相に構え直した。

これを見た青島は青眼に構えたまま、切っ先を池沢の目にむけた。青島の右の前腕から、血が赤い糸のように流れ落ちている。

「待て、青島。池沢の相手は、おれにやらせてくれ」

と、想十郎が言って、前に出た。想十郎は、青島が池沢に遅れをとる恐れがあるとみたのである。

青島は、身を引いた。想十郎に任せようとしたのだ。

……蝴蝶剣《こちょうけん》で、仕留める！

想十郎が胸の内で言い、青眼に構えた。

すでに、想十郎は池沢に対して、蝴蝶剣を遣おうとしたことがあった。ただ、池沢も想十郎の構えを見ただけでは分からないだろう。

「今日こそ、始末をつけてやる」

池沢はそう言って、青眼に構え直し、切っ先を想十郎にむけた。だが、その切っ先がかすかに震えていた。想十郎の隙のない構えと、剣尖《せんせん》の威圧に圧倒されたようだ。

「いくぞ！」

想十郎が声をかけ、爪先《つまさき》を這《は》うように動かして池沢との間合をつめ始めた。間合さえ詰められれば、池沢がどんな構えをしても、蝴蝶剣を遣うことができる。

池沢は青眼に構えたまま、素早い動きで身を引いた。そして、想十郎との間合がひろがると、

「勝負、預けた！」

と、叫びざま反転した。

そして、廊下を走り出した。逃げたのである。

一瞬、想十郎の反応が遅れた。まさか、池沢が斬り合いもせずに、逃げるとは思わなかったのだ。

「待て！」

想十郎は、抜き身を手にしたまま池沢の後を追った。

池沢は、廊下から階段を降りた。慌てて降りる足音が、やけに大きく響いた。深夜の静寂のせいだろう。

想十郎は、階段の前で足をとめた。池沢の後を追っても、追いつけないとみたのだ。

「逃げられたな」

後から来た青島が、言った。

「忠七が、池沢の行き先だけでも、つき止めるかもしれぬ」

想十郎は忠七に、戸口にいて、逃げ出す者がいたら、向かった先だけでもつき止めてくれ、と話しておいたのだ。

「ここから出るか」

青島が言った。

「そうだな」

想十郎と青島は、階段を降りた。

ふたりは美園の戸口から外に出て、辺りに目をやったが、忠七の姿はなかった。

「忠七は、池沢の後を追ったようだ」

想十郎が、夜陰のなかにつづく道に目をやって言った。辺りは静寂につつまれ、人影はなかった。

「忠七が、戻るのを待つしかないな」

青島が言った。

想十郎と青島は、美園の戸口に立って忠七がもどるのを待った。

ふたりがその場に立って、半刻《はんとき》(一時間)ほど経ったろうか。通りの先で、足音がした。誰か、こちらに近付いてくる。

「忠七では、ないか」

池沢が身を乗り出すようにして、通りの先に目をやった。

足音はしだいに近付いてきた。

「忠七らしいな」

想十郎が言った。足音でも、それと知れるのだ。

足音はしだいに大きくなり、夜陰のなかに人影が見えた。忠七である。

忠七は想十郎たちの姿を目にすると、小走りに近付いてきた。

「池沢の跡をつけたのか」

想十郎が訊《き》いた。

「へい」

忠七が、ほっとした顔をして言った。ひとりで、暗闇のなかを尾《つ》けまわすのは、不安だったのだろう。

「池沢は、何処へ逃げた」

想十郎が身を乗り出して訊いた。

「それが、長谷川町の近くまで、跡をつけたのですがね。途中で見失いやした」

忠七が言った。

「長谷川町の近くなら、源兵衛の家ではないか」

「あっしもそうみやした」

「いずれにしろ、長谷川町にある源兵衛の家を探れば、池沢の居所もつかめる」

想十郎が、その場にいる青島と忠七に目をやり、

「おれたちも、家にもどろう」

と、言い添えた。

想十郎たち三人は、夜更の道を東にむかった。今日のところは、三人とも己の塒《ねぐら》に帰るのである。

第六章　残　党

1

「門弟は、まだ少ないな」

想十郎が、道場の床から腰を上げて言った。

今日、道場に来て稽古《けいこ》をした門弟は、七人しかいなかった。そのため、稽古は盛り上がらず、早目に稽古を終えたのだ。

「なに、すぐに門弟たちは増える。源兵衛を討ち取ったのだ。これで、門弟たちを襲ったりすることはあるまい」

青島が言った。

「そうだな」

想十郎も、門弟たちが源兵衛の子分たちに襲われることがなくなれば、稽古に来る者が増えるのではないかと思った。

青島はいっとき黙っていたが、

「まだ、池沢が残っている」

と、虚空を睨《にら》むように見て言った。

「何とか、池沢を討ち取らねばな。……さて、長谷川町に出かけるか」

想十郎が言った。

想十郎と青島は、道場の稽古を終えてから、長谷川町に行くつもりだった。源兵衛の家を探り、池沢がいたら討つのである。

想十郎たちが、美園にいた源兵衛を斬殺《ざんさつ》してから十日経っていた。源兵衛一家の者たちは葬儀につづいて初七日を終え、平静さを取り戻しているだろう。それに、親分が死んだことで、子分たちも少なくなっているのではあるまいか。

「行こう」

青島が立ち上がった。

想十郎と青島が道場から出ると、戸口近くで忠七が待っていた。忠七は道場に入るのを遠慮して、外で待つことが多いのだ。

想十郎たち三人は、富沢町に入ってから長谷川町に足をむけた。

「子分たちは、源兵衛の家にいるかな」

歩きながら、青島が言った。

「子分たちは、家にいるはずだ。親分が死んだからといって、子分たちはすぐに行く場はあるまい。それに、池沢やおしま姐《ねえ》さんと呼ばれる源兵衛の女房は、まだ残っているからな」

想十郎は、いずれ死んだ親分の源兵衛に代わる男が出てきて、一家を継ぐのではないか、と思った。

「池沢が、子分たちを仕切るかもしれねえ」

忠七が、身を乗り出して言った。

「おれも、池沢は親分格になって、源兵衛一家を継ぐような気がする」

想十郎が言った。池沢は武士だが、道場を出て源兵衛一家にくわわったときから、武士として生きるつもりはないのだろう、と想十郎はみていた。

想十郎たち三人は、そんな話をしながら歩いているうちに、源兵衛の家の近くにある稲荷《いなり》のそばまで来た。

想十郎は源兵衛の家に目をやったが、変った様子はなかった。

「まず、池沢がいるかどうか、探らねばならんな」

想十郎がそう言って、青島と忠七に目をやった。

「どうだ、家の前を通ってみるか」

青島が言った。

「そうだな。三人がすこし離れて歩けば、気付かれないだろう」

想十郎は、通行人を装って家の様子を探ってみようと思った。

「あっしが先に、行きやす」

そう言って、忠七が先にたった。

忠七から一町ほど離れて青島がつづき、しんがりに想十郎がついた。三人は、通行人を装って、源兵衛の家に近付いていく。

忠七と青島は、源兵衛の家の前まで行くと歩調を緩めただけで、そのまま通り過ぎた。後続の想十郎も、家の前まで来て歩調を緩めた。

家のなかで、話し声が聞こえた。男の声である。三、四人で話しているようだったが、話の内容は聞き取れなかった。いずれも、遊び人ふうの物言いであることが分かった。源兵衛の子分たちだった男であろう。

忠七と青島は、家の前から半町ほど歩いてから路傍に足をとめた。そして、想十郎が来るのを待っている。

想十郎がふたりのそばで足をとめると、

「子分たちの話し声が、聞こえやした」

忠七が言った。

「おれも、子分たちの声を聞いたが、池沢らしい男の声は聞こえなかったな」

想十郎が言うと、青島もうなずいた。池沢は武家の物言いをするので、それと分かるはずだ。

「どうしやす」

忠七が訊《き》いた。

「どうだ、源兵衛の子分に訊いてみるか」

そう言った後、想十郎は、「家から子分らしい男が出て来るのを待って、話を訊けばいい」と言い添えた。

「そうしやしょう」

すぐに、忠七が言った。

想十郎たちは来た道を引き返し、以前、源兵衛の家を見張った稲荷の椿の樹陰に身を隠した。その場から、子分たちのいる家を見張るのである。

想十郎たちは稲荷の椿の樹陰に身を隠して、源兵衛の家を見張ったが、話の訊けそうな者はなかなか出てこなかった。

想十郎たちが、その場に来て一刻《とき》（二時間）ほど経ったろうか。三人が見張るのにうんざりしてきたとき、

「出てきやした！」

と、忠七が声を上げた。

源兵衛の家の戸口から、遊び人ふうの男がひとり出てきた。男は想十郎たちのいる方へ歩いてくる。

「都合がいい、ひとりだぞ」

想十郎が言った。

男はひとり、雪駄《せった》の音をチャラチャラいわせ、肩を振るようにして歩いてくる。

「おれが、やつの後ろにまわる」

想十郎が言った。

「おれは、前に出よう」

と、青島が身を乗り出して言った。

男は想十郎たちに気付かず、肩を振るようにして歩いてくる。

男が稲荷の近くまできたとき、想十郎と青島がほぼ同時に飛び出した。

男は、ギョッとしたようにその場に立ち竦《すく》んだ。想十郎は男の後ろに、青島が前に回り込んだ。

青島は素早く小刀を抜き、男に身を寄せると、

「動くな！」

と言って、小刀の切っ先を男の喉元《のどもと》に突き付けた。

男は身を引き、逃げようとして背後に目をやったが、立っている想十郎を見て、

「お、おめえたちは、誰だ！」

と、声をつまらせて訊いた。どうやら、想十郎たちと顔を合わせたことは、ないようだ。

「おまえたちの親分と、かかわりのある者だ」

想十郎はそう言った後、

「池沢は、親分の家に帰っているのか」

と、訊いた。

男は戸惑うような顔をして、口をつぐんでいたが、

「親分は、殺された」

と、顔をしかめて言った。

「親分は、死んだのか。知らなかったな」

想十郎はとぼけてそう言い、

「池沢は、家にいるのか！」

と、語気を強くして訊いた。

「い、いやす」

男によると、池沢は親分が死んでから、親分の家で寝泊まりするようになったという。

「親分の家に、子分たちは何人いる」

さらに、想十郎が訊いた。

「い、いまは、七、八人でさァ」

男は隠さず話した。青島に刀の切っ先を突き付けられ、隠す余裕はなかったのだろう。

「七、八人か」

想十郎が思っていたより、人数が多かった。池沢にくわえて子分たちが、七、八人いるとなると、想十郎と青島のふたりだけで、家に踏み込むのは無理である。返り討ちに遭うだろう。

「池沢だが、親分の家から出るときがあるな」

想十郎が訊いた。

「ありやす」

男は、すぐに言った。

「家から出て、何処へ行く」

「池沢の旦那《だんな》は、酒好きでしてね。……縄暖簾《なわのれん》を出した飲み屋を贔屓《ひいき》にしていて、日が沈むころ、よく出かけるんでさァ」

「今も、そうか」

「出かけやす。一日中、家に籠《こも》っていると、息抜きがしたくなりやすからね」

「その飲み屋は、どこにある」

想十郎が、身を乗り出して訊いた。

「その稲荷《いなり》からいっとき歩くと、道沿いに瀬戸物屋がありやしてね。その店の脇の道に入《へえ》るとすぐ、飲み屋がありやす。近頃、池沢の旦那は、その飲み屋で一杯やるときが多いんでさァ」

「瀬戸物屋があるのは、知っている」

想十郎が言った。これまで、この辺りに来る途中、通り沿いにある瀬戸物屋を何度か目にしたので、覚えていたのだ。

そばにいた青島も、うなずいた。

「まだ、一杯やるには早《はえ》えが、飲み屋まで行ってみやすか」

忠七が言った。

「そうしよう」

想十郎も、その気になった。

2

想十郎たちが歩き出そうとすると、

「あっしは、帰《けえ》してくだせえ」

と、男が言った。

「ここで、帰すことはできんな」

想十郎はそう言った後、

「おまえの名は」

と、男に訊いた。

「長次郎《ちょうじろう》でさァ」

男は隠さずに名乗った。

「長次郎か。……飲み屋まで、一緒に来い」

想十郎が言った。

長次郎が戸惑うような顔をしていると、

「なに、始末がつくまで、おれたちと一緒にいるだけだ。始末がつけば、おまえの好きなようにしていい」

想十郎は、長次郎をこのまま仲間たちのいる家に帰すと、想十郎たちのことを話すのではないかと懸念したのだ。仲間たちに知れると、池沢を取り逃がすだけでなく、想十郎たちが襲われるかもしれない。

想十郎たちは長次郎の案内で来た道を引き返し、瀬戸物屋のそばまで来た。

長次郎が路傍に足をとめ、

「そこの道でさァ」

と言って、瀬戸物屋の脇の道を指差した。

細い道だが、道沿いに八百屋、瀬戸物屋、下駄《げた》屋などの暮しに必要な物を売る店が軒を並べていた。通りを行き来するのは、子供連れの女、年寄り、職人ふうの男などが多かった。おそらく、地元の住人であろう。

想十郎たちが細い道に入って一町ほど歩いたとき、長次郎が路傍に足をとめ、

「その店でさァ」

と言って、通り沿いの店を指差した。

縄暖簾を出した店だった。飲み屋らしい。客がいるらしく、店のなかから男の談笑の声が聞こえた。

「長次郎が源兵衛の家を出るとき、池沢は家にいたらしいので、まだ、この店には来てないはずだ」

想十郎が言うと、脇にいた長次郎がうなずいた。

「どうしやす」

忠七が訊《き》いた。

「しばらく、待ってみよう。池沢が来るとしても、これからだろう」

想十郎が言い、通り沿いに改めて目をやった。飲み屋を見張る場所があるか、探したのである。

想十郎は、飲み屋からすこし離れた場所に表戸を閉めた家があるのに目をとめた。空き家らしく、朽ちた庇《ひさし》が垂れ下がっている。

「あの家の脇で、見張るか」

想十郎が、指差して言った。

想十郎たちは、家の脇に身を寄せ合った。その場は狭く、四人だと家の脇からはみ出して、通りから見えてしまう。

「交替で、見張ればいい」

想十郎が言い、まず想十郎と忠七で見張ることになった。

青島は長次郎を連れてその場を離れた。ふたりは、近くの一膳《いちぜん》めし屋か蕎麦屋《そばや》にでも立ち寄って、腹拵《はらごしら》えをしてくるはずだ。長次郎を仲間のいる家に帰せないので、そうしたのである。

青島と長次郎は、半刻《はんとき》（一時間）ほどして、もどってきた。酒を飲まなかったので、早く帰れたようだ。

青島たちに替わって、想十郎と忠七がその場を離れた。ふたりは青島から蕎麦屋のある場所を聞いて、その店に行き、蕎麦を食べた。想十郎たちも酒は飲まず、蕎麦だけ食べて店を出た。

すでに陽は、家並の向こうに沈みかけていた。樹陰や道沿いの家の軒下などは、淡い夕闇につつまれている。

想十郎と忠七が、青島たちのいる場にもどると、

「おい、池沢が姿を見せたぞ。……すこし前に、店に入った」

と、青島が昂《たかぶ》った声で言った。

「池沢、ひとりか」

すぐに、想十郎が訊いた。

「ひとりだ」

「よし、池沢を討とう」

想十郎が、身を乗り出して言った。

「店に踏み込むか」

青島が訊いた。青島の声も、昂っている。

「店に踏み込むと、逃げられるかもしれぬ。店から出てくるのを待とう」

想十郎が言った。

店のなかは狭く、刀を抜いてやり合うような場所はないだろう。それに、客や店の者がいるはずだ。店のなかで斬り合うと、逃げられるだけでなく、味方から犠牲

者が出る恐れがある。

想十郎たちは、空き家の脇に身を隠したまま池沢が出てくるのを待った。

池沢は飲み屋からなかなか姿を見せなかった。想十郎たちが、その場に集まって間もなく、腰高障子が開いて男がふたり出てきた。職人ふうの男だった。店内で飲んでいたのだろう。

それからさらに小半刻（三十分）ほどすると、陽が沈み、辺りが夕闇に染まってきた。通りを行き来する人の姿も途絶えている。

そのとき、飲み屋の腰高障子が開き、武士体の男がひとり姿を見せた。

「池沢だ！」

青島が、身を乗り出して言った。

池沢は飲み屋の戸口に立つと、通りに目をやってから、その場を離れた。自分を狙っている者がいないか、確かめたようだ。

「行くぞ！」

想十郎が、空き家の脇から飛び出した。

青島がつづき、忠七はすこし遅れて通りに出た。忠七は闘いに加わるつもりはないらしく、想十郎たちから離れている。

池沢は、飛び出してきた想十郎と青島を見て、ギョッとしたような顔をして、その場に立ち止まった。

3

想十郎は、池沢の脇を通って背後にまわり込んだ。池沢との間合を三間ほどとっていた。遠間である。

想十郎は、池沢との勝負を青島にまかせ、青島が危ういとみたら助太刀《すけだち》に入るつもりだったのだ。

青島が池沢の前に立った。ふたりの間合は、二間半ほどである。

「青島たちか！」

池沢が声を上げた。池沢の目がつり上がっている。いきなり、想十郎たちに襲われ、熱《いき》り立っているようだ。

「池沢、今日こそ、うぬらに斬られた門弟たちの敵を討つ！」

青島が、池沢を見据えて言った。双眸《そうぼう》が射るような鋭いひかりを宿している。青島は池沢を討つことに、想十郎とともに尽力してきたのだ。

「返り討ちにしてくれるわ！」

叫びざま、池沢が抜刀した。

すかさず、青島も刀を抜いた。池沢の背後にまわり込んだ想十郎も抜刀し、切っ先を池沢にむけた。ただ、想十郎は、池沢との立ち合いを青島に任せる気があったので、すこし間合を遠くとっていた。

青島は青眼《せいがん》に構えた。腰の据わった隙のない構えで、切っ先が池沢の目につけられている。

対する池沢は、八相《はっそう》に構えた。両肘《りょうひじ》を高くとり、刀身を垂直に立てていた。敵を威圧するような大きな構えである。

ふたりは、二間半ほどの間合を取ったまま動かなかった。ふたりとも全身に斬撃《ざんげき》の構えを見せて、気魄《きはく》で攻めていた。気攻めである。

どれほどの時間が、経過したのか。青島と池沢には、時間の経過の意識がなかった。それだけ、敵を気魄で攻めることに集中していたのだ。

そのとき、青島の足元で、チリッと音がした。青島が右足をわずかに前に出したとき、指先が小石を踏んだのだ。

その音で、ふたりの全身に斬撃の気がはしった。

タアッ！

トオッ！

ふたりは、裂帛《れっぱく》の気合と同時に斬り込んだ。

青島は青眼から踏み込みざま、袈裟《けさ》へ——。

池沢も、八相から袈裟へ——。

袈裟と袈裟。ふたりの刀身が眼前で合致し、甲高い金属音とともに青火が散った。

ふたりは身を寄せ、刀身を合わせたまま相手の刀を押し合った。鍔迫《つばぜ》り合いである。

いっときすると、ふたりは互いに手にした刀で相手の刀を押して、後ろに跳んだ。

そして、間合が開くと、ふたりはほぼ同時に二の太刀をふるった。

青島は突き込むように池沢の籠手《こて》に斬り込み、池沢はその場で、刀身を袈裟に払った。一瞬の斬撃である。

青島の切っ先が、池沢の右の前腕をとらえた。一方、池沢の切っ先は、青島の胸の前の空を切って流れた。

次の瞬間、ふたりは背後に大きく跳んで間合をとった。

ふたりとも青眼に構え、剣尖《けんせん》を敵の目にむけた。

池沢の切っ先が、小刻みに震えていた。右の前腕から血が流れ出ている。池沢は右腕を斬られたことで、気が昂り、体に力が入り過ぎているらしい。

「池沢、勝負あったぞ」

青島が青眼に構えたまま言った。

「まだだ！」

池沢が声を上げ、青眼から上段に構え直した。

ふたりが青眼と上段に構え合ったとき、池沢の全身に斬撃の気がはしった。

池沢が、踏み込みざま上段から袈裟に斬り込んだ。上から覆い被《かぶ》さってくるような大きな斬撃だった。

だが、この斬撃を読んでいた青島は、右手に跳びざま、鋭い気合とともに刀身を横に払った。一瞬の太刀《たち》捌《さば》きである。

池沢の切っ先は、青島の肩先をかすめて空を切り、青島の切っ先は池沢の胸を横に斬り裂いた。

池沢の小袖《こそで》が横に裂け、露《あらわ》になった胸に血の線がはしった。次の瞬間、池沢の胸の傷から血が迸《ほとばし》り出た。池沢は刀を手にしたままよろめき、足がとまると腰から崩れるように転倒した。

俯《うつぶ》せに倒れた池沢は、苦しげな呻《うめ》き声を上げて首を擡《もた》げた。そして、何とか立ち上がろうとしたが、すぐに力尽きて顔を伏せてしまった。

いっときすると、池沢は俯せのまま動かなくなった。それでも、息をしていた。まだ、生きているらしい。

池沢の胸から流れ出た血が、赤い布を広げていくように地面を染めていく。

池沢は俯せになったまま息をしていたが、体から力が抜けて急にぐったりとなった。息の音が聞こえない。

「死んだ」

青島が小声で言った。

そこへ、想十郎と忠七が近寄ってきた。

想十郎が倒れている池沢に目をやってから、

「青島、見事だ！」

と、声をかけた。

青島は抜き身を手にしたまま、

「何とか、池沢を討てたが、勝負は紙一重だった」

と、つぶやいた。

「ここに、池沢の亡骸《なきがら》を放置しておくことはできん」

想十郎は傍らにいた長次郎にも目をやり、

「長次郎、近くに気心の知れた仲間がいるか」

と、訊《き》いた。

長次郎はいっとき黙っていたが、

「いやす」

と、小声で言った。

「その男と、密《ひそ》かに会ってな。その男を通して仲間たちに知らせ、池沢の亡骸を引き取って、葬ってやれ」

と、想十郎が話した。

「…………」

長次郎が、戸惑うような顔をした。気心の知れた仲間と一緒とはいえ、子分たちのいる家にもどって池沢のことを話したら、想十郎たちと一緒に行動したことが、知れるのではないか、と思ったらしい。

「仲間たちに疑われるようだったら、こう話すといい。通りに人だかりができているので、覗《のぞ》いてみたら、池沢の亡骸があったとな」

想十郎が言った。

「そうしやす」

長次郎は、足早にその場から離れていった。

その足音が遠ざかると、

「おれたちも、引き上げよう」

想十郎が、青島と忠七に声をかけた。

4

「忠七、一杯飲め」

想十郎が銚子《ちょうし》を忠七にむけた。

「いただきやす」

忠七が猪口《ちょこ》を差し出した。

ふたりがいるのは、松崎屋の裏手にある離れだった。想十郎が離れで、おゆきが持ってきてくれた酒を飲んでいると、忠七が顔を出した。それで、離れに置いてあった猪口を忠七に渡し、ふたりで酒を飲み始めたのである。

忠七は猪口の酒を飲み干し、

「高砂町にある剣術道場は、どうでした」

と、身を乗り出して訊いた。どうやら、忠七は剣術道場のことを聞きたくて、離れに立ち寄ったらしい。むろん、それだけではなく、想十郎と一杯やりたい、という気持ちもあったただろう。

想十郎たちが、池沢を討ち取って五日経っていた。池沢を討ち取り、想十郎たちと源兵衛一家との争いが終わってから、想十郎は三日ほど道場に出かけて稽古《けいこ》の様子を見ていたのだ。

「稽古に、活気があった。門弟たちも、大勢集まるようになってな。青島ひとりでは指南するのが、難しいほどだったぞ」

想十郎が言った。

「そいつは、よかった」

忠七が、ほっとしたような顔をして猪口の酒を飲み干した。

それから、小《こ》半刻《はんとき》（三十分）ほどして、離れの戸口に近付いてくる足音が聞こえた。ふたり、来るようだ。

ひとりは聞き慣れた下駄《げた》の音で、おつただと分かった。もうひとりは、誰か分からなかった。

足音は、離れの戸口でとまり、

「流様、青島様をお連れしました」

おつたが、障子の向こうで言った。

「入ってくれ」

想十郎が声をかけた。

すぐに、障子が開き、おつたと青島が姿を見せた。

「青島さまを、お連れしました」

おつたが言った。

「流どのに、話があってな」

青島が、座敷にいる想十郎に目をやって言った。

「上がってくれ」

想十郎が言うと、青島は座敷に上がった。

おつたは、その場に立ったまま、

「青島さまにも、お酒をお持ちしますね」

と、言い残し、離れから出ていった。

想十郎は、青島が座敷に腰を落ち着けるのを待って、

「何かあったのか」

と、訊いた。

忠七も酒を飲む手をとめて、青島に目をやっている。

「い、いや、何かあったわけではないのだ。実は、道場主の木島さまからも話があったのだが……」

青島はそう言って、間をとった後、

「流どのに、道場の師範代をやってもらいたいのだ」

と、声をあらためて言った。

「おれが、師範代だと！」

想十郎が、声を大きくして訊いた。道場の師範代になるなど、思ってもみなかったことである。

「そうだ。流どのは腕が立つし、幕臣でも、大名の家臣でもない。暇もあるようだし、道場の師範代にはもってこいだ」

青島が言った。

「お、おい、師範代は、いるではないか」

想十郎が声をつまらせた。

「い、いや、道場主の木島さまが、おれに道場を任せると言ってくれたのだ」

青島が慌てて言った。

「道場主か！」

思わず、想十郎が声を上げた。

「い、いや、木島さまの代わりだ。……木島さまが、道場に出られるようになるまでのな」

青島が、照れたような顔をして言った。

「おれは、駄目だぞ。……道場の師範代は、無理だ」

想十郎が、慌てて言った。本心だった。想十郎の剣は特異な技が多かったし、拘束されるのが嫌いなので、師範代は無理である。

「都合で、道場に来られないときは、おれが師範代を兼ねるので、稽古を休んでもかまわない」

青島が言った。

「駄目だ。おれには、師範代は勤まらぬ」

想十郎はそう言って、膝先《ひざさき》にあった猪口の酒を飲み干した。

脇に座している忠七は、薄笑いを浮かべて想十郎を見ている。

「どうあっても、駄目か」

青島が、念を押すように訊《き》いた。

「だ、駄目だ！」

「そうか」

青島は、そう言った後、

「いや、流どのは、断ると思っていたよ」

と、笑みを浮かべて言った。

そのとき、戸口に下駄の音がし、おつたが入ってきた。猪口と小鉢を載せた盆を手にしていた。青島も想十郎たちと一緒に酒が飲めるように、猪口と肴《さかな》を持ってきてくれたらしい。

おつたは、持ってきた肴と酒器を三人の膝先に置くと、

「何かあったら、板場に知らせてくださいね」

と小声で言い、座敷から出ていった。男たちの話の邪魔にならないように、気を遣ったらしい。

おつたが離れから出て行くと、想十郎が猪口を手にし、

「さァ、乾杯だ。青島どのが、道場主になった祝いだ！」

と、声を上げた。

「困る。おれは、代理だ」

青島が、慌てて言った。

想十郎は猪口の酒を飲み干し、いずれにしろ、青島のいる道場には、大勢の門弟が集まるだろう、と思った。

了

本書は書き下ろしです。

剣《けん》鬼《き》斬《ぎ》り

新《しん》・流《ながれ》想《そう》十《じゅう》郎《ろう》蝴《こ》蝶《ちょう》剣《けん》

鳥《と》羽《ば》 亮《りょう》

令和3年 1月25日　初版発行

発行者●堀内大示

発行●株式会社KADOKAWA
〒102-8177　東京都千代田区富士見2-13-3
電話　0570-002-301(ナビダイヤル)

角川文庫 22515

印刷所●株式会社暁印刷
製本所●本間製本株式会社

表紙画●和田三造

●お問い合わせ
https://www.kadokawa.co.jp/（「お問い合わせ」へお進みください）
※内容によっては、お答えできない場合があります。
※サポートは日本国内のみとさせていただきます。
※Japanese text only

ISBN 978-4-04-111071-3　C0193

◇◇◇

角川文庫発刊に際して

角川源義

第二次世界大戦の敗北は、軍事力の敗北であった以上に、私たちの若い文化力の敗退であった。私たちの文化が戦争に対して如何に無力であり、単なるあだ花に過ぎなかったかを、私たちは身を以て体験し痛感した。西洋近代文化の摂取にとって、明治以後八十年の歳月は決して短かすぎたとは言えない。にもかかわらず、近代文化の伝統を確立し、自由な批判と柔軟な良識に富む文化層として自らを形成することに私たちは失敗して来た。そしてこれは、各層への文化の普及滲透を任務とする出版人の責任でもあった。

一九四五年以来、私たちは再び振出しに戻り、第一歩から踏み出すことを余儀なくされた。これは大きな不幸ではあるが、反面、これまでの混沌・未熟・歪曲の中にあった我が国の文化に秩序と確たる基礎を齎らすためには絶好の機会でもある。角川書店は、このような祖国の文化的危機にあたり、微力をも顧みず再建の礎石たるべき抱負と決意とをもって出発したが、ここに創立以来の念願を果すべく角川文庫を発刊する。これまで刊行されたあらゆる全集叢書文庫類の長所と短所とを検討し、古今東西の不朽の典籍を、良心的編集のもとに、廉価に、そして書架にふさわしい美本として、多くのひとびとに提供しようとする。しかし私たちは徒らに百科全書的な知識のジレッタントを作ることを目的とせず、あくまで祖国の文化に秩序と再建への道を示し、この文庫を角川書店の栄ある事業として、今後永久に継続発展せしめ、学芸と教養との殿堂として大成せんことを期したい。多くの読書子の愛情ある忠言と支持とによって、この希望と抱負とを完遂せしめられんことを願う。

一九四九年五月三日

角川文庫ベストセラー

流想十郎蝴蝶剣　鳥羽　亮

花見の帰り、品川宿近くで武士団に襲われた姫君一行を救った流想十郎。行きがかりから護衛を引き受け、小藩の抗争に巻き込まれる。出生の秘密を背負い無敵の剣を振るう、流想十郎シリーズ第1弾、書き下ろし！

剣花舞う　流想十郎蝴蝶剣　鳥羽　亮

流想十郎が住み込む料理屋・清洲屋の前で、乱闘騒ぎが起こった。襲われた出羽・滝野藩士の田崎十太郎とその姪を助けた想十郎は、藩内抗争に絡む敵討ちの助太刀を求められる。書き下ろしシリーズ第2弾。

舞首　流想十郎蝴蝶剣　鳥羽　亮

大川端で辻斬りがあった。首が刎ねられ、血を撒き散らしながら舞うようにして殺されたという。惨たらしい殺し方は手練の仕業に違いない。その剣法に興味を覚えた想十郎は事件に関わることに。シリーズ第3弾。

恋蛍　流想十郎蝴蝶剣　鳥羽　亮

人違いから、女剣士・ふさに立ち合いを挑まれた流想十郎は、逆に武士団の襲撃からふさを救うことになり、出羽・倉田藩の藩内抗争に巻き込まれる。恐るべき殺人剣が想十郎に迫る！　書き下ろしシリーズ第4弾。

愛姫受難　流想十郎蝴蝶剣　鳥羽　亮

目付の家臣が斬殺され、流想十郎は下手人の始末を依頼される。幕閣の要職にある牧田家の姫君の輿入れを妨害する動きとの関連があることを掴んだ想十郎は、居合集団・千島一党との闘いに挑む。シリーズ第5弾。